Kopflos in die Liebe

Nicolette Verstege

Auflage 1 | August 2016

Covergestaltung: Nicolette Verstege

Korrektur: Jeannette Runge

Herstellung und Druck:

Siehe Eindruck auf der letzten Seite

ISBN-13: 978-1535551717

Inhaltsangabe:

Nick ist Single, Zahnarzt und seit Kurzem Besitzer einer verwöhnten Katzendame, namens Miss Graham. Noch eine Frau mehr in seinem Leben, die ihm auf der Nase herumtanzt.

Seine Schwester Emma nervt ständig damit, dass er eine Partnerin braucht und in der Praxis führen seine Assistentinnen das Regiment, was ihn regelmäßig zur Verzweiflung treibt. Sie überwachen seine Essensgewohnheiten, sperren ihn aus der Praxis aus und bezeichnen das Behandlungszimmer als Folterkammer. Trotzdem würde er keine von ihnen austauschen und ganz besonders Helena nicht.

Als die ihm eines Tages beim gemeinsamen Kratzbaumaufbau für Miss Graham beiläufig etwas erzählt, fängt Nick an, sich Gedanken zu machen ...

1.

Verschlafen stand Nicklas in der Küche und wartete auf den Kaffee, der in Zeitlupe in die Kanne tröpfelte. Er musste die Maschine dringend entkalken. Aber das stellte er jeden Morgen aufs Neue fest, nur um es bis zum Abend wieder zu vergessen. Spätestens, wenn er nur noch Kalk statt Kaffee in der Tasse hatte, würde ihm keine andere Wahl bleiben.

Seufzend griff er nach dem Brot, um sich eine Scheibe zu tosten. Den Schimmelfleck entdeckte er zum Glück, bevor er es in den Toaster steckte. Heute schien sich alles gegen ihn verschworen zu haben. Es fing schon damit an, dass sein Wecker nicht geklingelt hatte, zum Glück weckte ihn seine innere Uhr rechtzeitig. Anschließend war er fast in der Dusche ausgerutscht und auf seiner Lieblingshose befand sich ein großer Fleck, nicht zu definierenden Ursprungs.

Er warf den Toast in den Mülleimer. Heute, nach Feierabend musste er dringend einkaufen. Es war das letzte Brot gewesen. Im Kühlschrank herrschte gähnende Leere. Ein halber Liter Milch stand einsam neben einem Glas Senf. Die Milch schüttete er lieber gleich weg. Wahrscheinlich konnte man sie bereits schneiden und nach einem Löffel

Senf zum Frühstück stand ihm nicht der Sinn. Auf dem Weg zur Praxis würde er bei seinem Lieblingsdiner halten, um sich ein Sandwich zu holen. Er sah zur Kaffeemaschine und beschloss, sich auch auswärtig mit Kaffee zu versorgen. Die Maschine hörte sich an, als hätte sie eine Bronchitis. Er schaltete sie aus, zog sich die Jacke über und verließ die Wohnung.

Eine knappe Stunde später betrat er seine Zahnarztpraxis und hörte schon beim Aufschließen das Geschnatter seiner Angestellten. Er fragte sich, wie Frauen so viel reden konnten und das scheinbar, ohne dazwischen mal Luft zu holen.

»Guten Morgen die Damen.« Nicklas schloss die Tür hinter sich.

»Morgen, Chef«, sagte Helena.

»Guten Morgen«, schloss sich Mackenzie an, die vor dem Tresen stand und ihn mit gerunzelter Stirn ansah.

»Hab ich was im Gesicht?«

Mackenzie nickte. »Kann man so sagen.«

»Wie meinen Sie das?«

»Haben Sie sich heute Morgen beim Rasieren geschnitten?« Helena grinste ihn übers ganze Gesicht an.

»Ja, wieso?«

»Sie haben vergessen, die Fetzen vom Papier, was Sie sich auf die Schnittfläche geklebt haben, zu entfernen.«

»Was? Oh verflixt! Das wollte ich machen, aber dann fiel mir ein, dass Miss Graham noch nicht gefrühstückt hatte. Also bin ich raus aus dem Bad, um in die Küche zu gehen und anschließend habe ich nicht mehr daran gedacht. Jedenfalls weiß ich jetzt, warum die Bedienung im Diner mich so angegrinst hat. Eigentlich habe ich es für einen Flirtversuch gehalten.«

»Falsch gedacht. Wer ist denn Miss Graham? Ihre Haushälterin?« Helena sah ihn skeptisch an.

»Was? Nein, das ist meine Katze.«

»Seit wann haben Sie eine Katze?«, wollte Helena wissen.

»Seit einer Woche. Die Katze meiner Schwester hat Junge bekommen und sie meinte, eine Katze bereichert meinen Haushalt. Wenigstens ein weibliches Wesen im Haus war ihr Argument. Die Dame ist allerdings ziemlich anspruchsvoll, wie ich festgestellt habe.«

»Sie haben eine Katze und sie heißt Miss Graham?« Helena konnte sich das Grinsen nicht verkneifen.

»Ja, so heißt sie. Was gefällt Ihnen an dem Namen nicht?«

»Na ja ... ach vergessen Sie es. Verstehen Sie eh nicht«, winkte Helena ab. »Die erste Patientin sitzt im Stuhl. Sie können mit der Folter beginnen. Mary wartet mit den Schlachtgeräten in Zimmer eins auf Sie.«

»Helena, hören Sie auf, die Behandlung immer mit einer Folter zu vergleichen. Irgendwann müssen wir alle zum Arbeitsamt, weil keine Patienten mehr kommen.«

»Manchmal verstehen Sie so gar keinen Spaß und jetzt gehen Sie in Ihre Folterkammer.«

Kopfschüttelnd verzog sich Nicklas zum Umziehen ins Büro. Wie konnte er das nur vergessen? Jedenfalls hatte er garantiert jede Menge Leute damit erheitert. Wenn er so darüber nachdachte, wie viele ihn heute freundlich angelächelt hatten. Nun wusste er ja, weswegen.

***

Nach einem anstrengenden Arbeitstag in der Folterkammer, wie Helena es immer so dezent ausdrückte, fuhr Nicklas in den Supermarkt, um seinen Lebensmittelvorrat aufzustocken. Er betrat den Laden und blieb gleich am ersten Regal, stehen. Schokoladenkekse im Sonderangebot. Da konnte er nicht widerstehen und zwei Pakete landeten im Wagen. Schnell gesellten sich einige Tüten Chips, Erdnussflips und Lakritze hinzu.

»Nicht sehr gesund«, murmelte er vor sich hin, während er die Ausbeute begutachtete. Vielleicht hätte er einen

Einkaufszettel schreiben sollen. Hunger war ein schlechter Einkaufsbegleiter, denn am liebsten würde er die Süßigkeitenregale komplett leerräumen und das als Zahnarzt. Hoffentlich begegnete er keinem seiner Patienten.

Schnell schob er den Wagen weiter zur Obstabteilung, wo er zwei Bananen abwog. Denen folgte eine Knoblauchknolle. Für Miss Graham musste er Futter mitnehmen, das ging auch zur Neige. Wie hieß bloß die Marke, die er Zuhause hatte? Sie fraß nur dieses teure Zeug, alle anderen Sorten verschmähte sie. Vielleicht sollte er sie nicht fernsehen lassen? Die Werbung schien auch auf Katzen Einfluss zu haben.

»Hey Dr. Grimm«, ertönte es hinter ihm und er erstarrte zur Salzsäure. Der Einkaufwagen war voller Kariesbomben und er wurde auf frischer Tat ertappt. Langsam drehte er sich um.

»Hallo Helena. Was machen Sie denn hier?«

»Einkaufen, vielleicht?« Sie zeigte auf ihren Wagen, gleichzeitig musterte sie kritisch seine Einkäufe. Die Stirnfalte wurde mit jeder Sekunde tiefer. »Was wollen Sie mit dem ganzen Knoblauch? Vampire jagen?«

»Sie schauen zu viele Horrorfilme. Den brauche ich zum Kochen.«

»Was zaubern Sie denn? Bananenmus mit Knoblauchsoße? Sind Sie schwanger?«

»Ich ...«

»Ja, ich weiß. Gehirnschwanger, dann brauchen Sie ein Umstandsmützchen.« Helena bog sich vor Lachen und klopfte sich vergnügt auf den Oberschenkel.

»Und bei Ihnen gibt es wohl Nudeln pur in rauen Mengen. Dann liege ich mit den Bananen eindeutig vorne. Können Sie überhaupt kochen?« Nick zählte zehn Packungen Nudeln in Helenas Einkaufswagen.

»Die sind im Angebot und ja, ich kann kochen.«

»Lassen Sie mich raten. Nudeln?«

»Der Kandidat hat hundert Punkte«, sagte Helena lachend.

»Hätte ich Ihnen gar nicht zugetraut.«

»Na vielen Dank. Kein Wunder, dass Sie Single sind.«

»Was soll das denn heißen?«

»Ein Charmebolzen sind Sie nicht gerade. Wenn Sie solche Komplimente reißen.«

»Erinnern Sie mich morgen daran, dass ich Ihnen das Gehalt kürze«, grummelte Nicklas. Gegen Helenas freches Mundwerk kam er nicht an.

»Ich werde mich hüten und bis morgen haben Sie das eh wieder vergessen. Sind ja auch nicht mehr der Jüngste.« Bevor Nick darauf etwas erwidern konnte, hatte Helena lachend das Weite gesucht. Kopfschüttelnd sah er ihr hinterher und beschloss, seinen Einkauf fortzusetzen. In der Hoffnung, nicht noch auf mehr bekannte Gesichter zu stoßen, schob er den Wagen weiter zur Tierfutterabteilung, um für seine anspruchsvolle Katzendame etwas Essbares zu erstehen.

2.

»Verdammt! Wieso geht die Tür nicht auf?« Ungeduldig versuchte Nicklas den Schlüssel in der Praxistür zu drehen, aber das Schloss blockierte. Durch die Milchglasscheibe fiel Licht nach draußen. Es war also jemand da. Wahrscheinlich steckte der Schlüssel von innen. Nick betätigte die Klingel und wartete, aber niemand öffnete. Er klingelte erneut. Wieder nichts.

»Das gibt es doch nicht.« Genervt zog er das Handy aus der Tasche und wählte die Praxisnummer. Es meldete sich der Anrufbeantworter. Ratlos legte er auf. Wie kam er jetzt hinein?

»Hallo! Aufmachen!« Energisch klopfte er gegen die Tür und vernahm leise Helenas Stimme.

»Sprechstunde ab acht, also in einer halben Stunde. Versuchen Sie dann noch mal.«

Aufstöhnend legte er den Kopf gegen die Tür. Das konnte nicht wahr sein. Er stand vor seiner eigenen Praxis und konnte nicht hinein. Nach einigen Sekunden kam ihm eine Idee. Morgens lüfteten sie alle Räume. Das Fenster des

Wartezimmers lag zur Nebenstraße. Eilig lief er die paar Schritte und frohlockte, als er das geöffnete Fenster sah.

Den Plan, hineinzuklettern, verwarf er. So sportlich war er nicht. Die Gefahr, sich dabei ein Bein oder ein anderes Körperteil zu brechen, lag recht hoch. Stattdessen rief er nach seinen Assistentinnen.

»HELENA, MACKENZIE!«

Sekunden später stürzten die beiden ins Wartezimmer. Verdutzt sahen sie ihn an.

»Was machen Sie denn da?«, fragte Helena.

»Die Tür ist vorne. Nur so zur Erinnerung«, sagte Mackenzie mit einem Grinsen.

»Der Doktor wird alt. Er hat es bestimmt vergessen.«

»Ich kann Sie hören«, grummelte Nick mit verschränkten Armen.

»Wenigstens etwas, was noch funktioniert. Verraten Sie uns, was Sie da draußen treiben?«

»Ich genieße die Aussicht aufs Wartezimmer. Was dachten Sie denn?«

»Na ja ...«, setzte Helena an, wurde aber von Nick unterbrochen.

»Ich komme nicht rein ...«

»Haben Sie den Schlüssel verloren? Ich habe Ihnen schon so oft gesagt, Sie brauchen einen vernünftigen Schlüsselanhänger.« Vorwurfsvoll sah Helena ihren Chef an.

»Wenn Sie die Leute mal ausreden lassen würden, hätte ich Ihnen sagen können, dass ich nicht aufschließen konnte, weil irgendwer den Schlüssel von innen hat stecken lassen.« Nick versuchte seinerseits einen vorwurfsvollen Blick, der aber seine Wirkung verfehlte. Helena und Mackenzie brachen in schallendes Gelächter aus.

»Könnten die Damen mir die Tür öffnen oder soll ich warten, bis Sie sich ausgelacht haben?« Manchmal fühlte er sich wie der Handlanger seiner Assistentinnen, aber er konnte ihnen nicht böse sein. Ihre Arbeit war hervorragend. Sie verbreiteten gute Laune und die Patienten liebten sie, trotz der manchmal grenzwertigen Sprüche, die sie von sich gaben. Hübsch anzusehen waren sie außerdem. Besonders Helena. Wenn er sie ansah, ging für ihn die Sonne auf.

»Na gut. Weil Sie es sind. Ich öffne«, riss Mack ihn aus seinen Gedanken.

»Danke.« Er ging zum Eingang und Mack ließ ihn hinein.

»Wer von euch hat den Schlüssel stecken lassen?« Streng sah er sie an.

Beide Frauen zuckten die Schultern.

»Ich hätte es wissen müssen«, seufzte er. »Freundinnen verpfeifen sich nicht gegenseitig.«

»Richtig«, stimmte Helena zu.

»Ist ja nicht wichtig. Sind die Zimmer fertig?«

»Jawohl, Chef. Die Folterkammern sind bereit für die Opfer«, sagte Mackenzie.

»Wo bin ich hier nur hineingeraten?« Kopfschüttelnd verzog er sich ins Büro, um noch einige Papiere durchzusehen, bevor die ersten Patienten kamen.

»Mackenzie, Ihre Schwestern schaffen mich regelmäßig aufs Neue. Wie halten Ihre Eltern das bloß aus? Eine der Drillinge redet scheinbar immer.« Nick stand mit Mack im Behandlungszimmer und ihre Schwestern hatten gerade die Praxis verlassen. Die drei waren liebe und nette Mädchen, aber anstrengend, fand er zumindest. Sie redeten ohne Unterlass. Allison hatte sogar versucht, während der Behandlung zu reden. Oder war das Alina? Er wusste es nicht mehr, weshalb fingen die Namen auch alle mit demselben Buchstaben an? Da kam man ganz durcheinander.

»Jahrelange Übung«, antwortete Mack lachend. »Da härtet man ab.«

»Ja, das wird es sein. Mich bringt Miss Graham schon aus der Fassung. Gestern habe ich eine andere Marke an Futter gekauft. Sie hat es verschmäht. Sie glauben nicht, wie vorwurfsvoll Katzen einen ansehen können. In der Pause muss ich los, um das von ihr bevorzugte zu besorgen.« Seine Katzendame war eine anspruchsvolle Diva.

»Miss Graham hat Sie gut im Griff.«

»Was? Nein. Wie kommen Sie denn darauf?«

»Ach, nur so.« Grinsend verließ Mackenzie den Behandlungsraum.

Stirnrunzelnd sah Nick ihr hinterher. Ließ er sich von Miss Graham auf der Nase herumtanzen? Nein, natürlich nicht. Er ging ins zweite Behandlungszimmer, wo der nächste Patient auf ihn wartete.

»Guten Tag, Mr. Gold. Was kann ich für Sie tun?« Nick nahm auf dem Drehsessel Platz und brachte den Behandlungsstuhl in eine für ihn angenehme Höhe.

»Irgendwo da oben schmerzt es.«

»Dann sehe ich mir das mal an. Helena, einen Sabberlatz für Mr. Gold.«

Helena öffnete eine Schublade und sah hinein. »Keine mehr da. Ich hole schnell Nachschub.« Mit den Worten verließ sie das Zimmer.

»Doktor, stimmt es, dass Sie jetzt mit Schlangengift betäuben? Wirkt das überhaupt und ist es legal?« Ängstlich sah Mr. Gold Nick an.

»Ähm ... wie kommen Sie denn darauf?« Ihm schwante bereits, wer ihm dieses Märchen erzählt hatte.

»Ihre Assistentin. Sie meint, das wäre der letzte Schrei. Ich weiß nicht, ob ich das so gut finde, wenn sie mir Schlangengift spritzen. Ich dachte, das nimmt man für Falten.« Zweifelnd sah Mr. Gold Nick an.

Der seufzte auf. »Helena hat Ihnen einen Bären aufgebunden. Das ist frei erfunden.«

»Wieso sagt sie so was. Da bekommt man ja Angst.«

»Meine Assistentinnen haben eine merkwürdige Art von Humor. An Halloween haben sie die ganze Praxis mit Äxten, Messern und Kunstblut dekoriert. An dem Morgen habe ich mindestens drei Patienten verloren.«

»Das ist ja geschäftsschädigend.«

»Sollte man meinen, aber am Abend hatte ich drei Dutzend neue Patienten. Die dekorierte Praxis und die verrückten Kostüme hatten sich schnell herumgesprochen. Die Leute standen Schlange, um in die Patientenkartei aufgenommen zu werden. Seitdem denken sich die Mädels jedes Jahr etwas Verrücktes aus. Ich bin schon gespannt, was sie dieses Halloween geplant haben.« Er konnte sich noch gut erinnern, dass er zuerst alles andere als begeistert von der dekorierten Praxis gewesen war. Aber dann hatte es sich ins Gegenteil gewandelt. Seitdem hatten seine Angestellten an Halloween absolute Narrenfreiheit. Die Patienten liebten es.

»Meinen Sie, ich kann heute schon einen Termin an Halloween für eine Kontrolluntersuchung machen?«

»Fragen Sie nachher vorne, ob noch etwas frei ist. Kann gut sein, dass der Tag schon ausgebucht ist«, sagte Nick schmunzelnd. Mr. Gold hatte er damit als Stammkunden wohl gewonnen.

»Ich versuche gleich mein Glück.«

»Da bin ich wieder. Es kann losgehen.« Helena legte Mr. Gold ein Tuch um und rückte die Lampe zurecht.

»Sagen Sie, haben Sie Halloween noch Termine frei?« Hoffnungsvoll sah Mr. Gold Helena an.

»Der Tag ist schon recht voll, aber ich werde sehen, dass ich noch ein Plätzchen für Sie finde. Hat der Doktor davon geschwärmt?«

»Ja und er hat Ihre Dekoration gelobt.«

Helena beugte sich verschwörerisch vor. »Hat er Ihnen auch erzählt, dass er sich als Vampir verkleidet und die Patienten beißt. Raten Sie mal, wo das ganze Blut herkommt. Das ist nicht künstlich.« Sie zwinkerte ihm zu und richtete sich wieder auf.

»Ganz egal, was sie gesagt hat – glauben Sie ihr nicht.« Nick konnte das Geflüster nicht verstehen, aber er kannte seine Pappenheimer.

»Ich sehe schon, hier ist es auf jeden Fall nicht langweilig. Ich bin völlig tiefenentspannt, Doktor. Sie dürfen mich auch gerne beißen.« Kichernd lehnte Mr. Gold sich im Stuhl zurück.

»Bald bin ich grau und Sie sind schuld«, sagte Nick und reizte Helena damit zum Lachen.

»Geben Sie es zu, ohne uns würde Ihnen etwas fehlen. Es wäre stinklangweilig hier.«

Nick verzichtete auf eine Antwort. Stattdessen wies er Mr. Gold an, den Mund weit aufzumachen, aber innerlich gab er ihr recht. Ohne sie wäre sein Leben nicht ganz so lustig.

3.

Es war Samstagmorgen, kurz nach acht Uhr und Nick saß bereits beim Frühstück. Gähnend überflog er die Schlagzeilen der Zeitung. Weshalb konnten Katzen keine Uhrzeiten ablesen? Ab halb sieben hatte Miss Graham mauzend in seinem Bett gesessen, und da der Klügere nachgab, war er aufgestanden. Obwohl er viel lieber weitergeschlafen hätte.

Seine verwöhnte Katzendame saß einen halben Meter vom Tisch entfernt, den Blick starr auf ihn gerichtet.

»Das ist mein Brot. Du hast dein eigenes Essen.« Nick fühlte sich beobachtet und nach einigen Sekunden gab er auf. Er nahm aus einem Schrank Katzenleckerlis und setzte sich wieder. Der Tüte entnahm er zwei Stück und versuchte Miss Graham damit zu locken, aber die mauzte nur und bewegte sich keinen Zentimeter.

»Ja komm, das ist für dich.« Er wedelte mit der Hand, aber außer einem erneuten Miauen kam keine Reaktion.

Seufzend stand Nick auf und hielt Miss Graham die Leckerbissen unter die Nase. Sie schnupperte daran und fraß sie anschließend.

»Ich glaube, Mack hat recht. Sie hat mich gut im Griff.« Kopfschüttelnd ging er zum Tisch zurück. Das würde er für sich behalten. Wenn seine Damen in der Praxis das erfuhren, war ihm der Spott für Jahre sicher.

***

Am Abend beschloss Nick, auszugehen. Sein Kumpel, mit dem er ein Spiel im Fernsehen hatte anschauen wollen, hatte kurzfristig abgesagt und alleine machte es keinen Spaß. Die Chips räumte er in den Schrank zurück und das Sixpack Bier könnten sie nächste Woche vernichten, wenn sie ihren Männerabend nachholen würden.

Nick nahm die Autoschlüssel und machte sich auf den Weg in den Warehouse District. Er parkte den Wagen und entschied sich ins Tambaleo gehen. Er war ein ganz passabler Tänzer und dankte seinen Eltern, dass sie ihn damals gezwungen hatten, Tanzstunden zu nehmen. Männer, die gut tanzen konnten, kamen bei der Damenwelt gut an.

Nick ergatterte einen Tisch, bestellte ein alkoholfreies Getränk und beobachtete die Leute um sich herum. Das

Gespräch am Nebentisch bekam er unfreiwillig mit und wünschte sich, es nicht gehört zu haben. Zwei ältere Damen unterhielten sich ausführlich über ihre Hämorriden. Er bedauerte, dass man Ohren nicht zuklappen konnte, denn diesem Thema konnte er so gar nichts abgewinnen. Kurz darauf kam der Cocktail und er versuchte, das Gespräch der Frauen auszublenden.

Wenig später hatte Nick eine hübsche Frau, drei Tische weiter ins Auge gefasst, die er zum Tanzen auffordern wollte. Er erhob sich und sank nur eine Sekunde später auf den Stuhl zurück. Ein Mann setzte sich zu ihr an den Tisch, von dem er annahm, das es sich um den Freund handelte. Seufzend sah er sich weiter um. Die Auswahl lediger Damen erschien ihm verschwindend gering.

»Entschuldigen Sie.« Nicklas drehte sich um. Eine der Hämorrhoidenfrauen lächelte ihn verzückt an.

»Ja, bitte?«

»Möchten Sie tanzen?«

»Nein, aber danke für das Angebot.« Nick lächelte gequält. So nah sah sie noch älter aus. Er schätzte sie auf Mitte sechzig.

»Aber Sie wollten mit der jungen Dame dort hinten tanzen. Wir haben genau gesehen, dass Sie sie beobachtet haben. Meine Schwester und ich stellen uns zur Verfügung. Wir schwingen gerne das Tanzbein.«

»Ich wollte zur Toilette, aber mein Schuh war auf.« Nick bückte sich und zog am Schnürsenkel. Zum Glück konnte die Frau nicht unter den Tisch sehen. »So, jetzt mache ich mich auf den Weg. Entschuldigen Sie mich.« Nick sprang auf und flüchtete Richtung Waschräume. Er gratulierte sich selbst zu der gelungenen Ausrede.

Als er an der Damentoilette vorbeikam, wurde die Tür aufgerissen und eine Frau lief fast in ihn hinein. Geistesgegenwärtig sprang er zur Seite. Die Frau murmelte eine Entschuldigung. Als er erkannte, mit wem er da fast zusammengestoßen wäre, musste er schmunzeln.

»Helena.«

»Was wollen Sie denn hier?« Entsetzt sah sie ihn an.

Amüsiert betrachtete er Helenas Füße, an der sie Doggiebags trug. Bei ihr wunderte ihn wirklich nichts mehr. Auch keine Tüten als Schuhersatz.

Helena erklärte ihm, dass sie ihre High Heels unter dem Tisch ausgezogen hatte und nun nicht mehr hineinkam, weil sie sich die Füße wundgetanzt hatte.

»Verstehe, am besten ziehen Sie das nächste Mal Turnschuhe an.«

»Turnschuhe? Zu dem Outfit? Sie haben wirklich keine Ahnung von Mode.« Missbilligend sah Helena ihn an.

»Sagt die, mit Tüten an den Füßen.« Lachend bot Nick ihr seinen Arm an, um sie zum Tisch zu begleiten.

»Sieh mal Mack, wen ich unterwegs aufgegabelt habe.« Grinsend ließ Helena sich auf einen Stuhl sinken.

»Hallo, Dr. Grimm. Sie hätte ich hier nicht erwartet. Sind Sie alleine?«

Nick bejahte und die beiden luden ihn ein, sich zu ihnen zu setzen, was er dankbar annahm. Die Aussicht, den älteren Damen den Rest des Abends hilflos ausgeliefert zu sein, lockte ihn nicht an seinen Tisch zurück. Wahrscheinlich wäre er sonst gegangen. So sah das natürlich anders aus. Zwar waren sie seine Angestellten, aber gegen einen gemeinsamen Abend in der Öffentlichkeit sprach nichts. Innerlich bedauerte er, dass Helena wohl nicht tanzen konnte. Mit den Tüten konnte sie schlecht auf die Tanzfläche.

»Kommen Sie öfters hierher?« Neugierig sah er die beiden an.

»Ja, sind wir und Sie? Gesehen habe ich Sie hier noch nie«, sagte Helena und sog genüsslich ihr Getränk durch den Strohhalm.

»Nicht so oft. Heute wollte eigentlich ein Freund kommen. Wir hatten geplant, ein Spiel im Fernsehen anzusehen. Aber er hat abgesagt. Es war eine Spontanentscheidung.«

»Was Sie für ein Glück haben«, sagte Helena.

»Glück? Inwiefern?«

»Na, Sie haben uns getroffen.«

»Ich weiß nicht, ob ich in dem Zusammenhang von Glück sprechen kann. Sie quälen mich schon die ganze Woche. Am Wochenende erhole ich mich normal von Ihnen.« Nick bemühte sich, nicht zu grinsen, was ihn viel Selbstbeherrschung kostete, als er sah, wie Helena ihn mit offenem Mund anstarrte.

»Mund zu! Es zieht«, sagte er.

Helena sah ihn mit zusammengekniffenen Augen an. »Meine Rache wird furchtbar sein.«

»Das glaube ich Ihnen aufs Wort.«

»Da sind Sie ja!« Eine der älteren Damen baute sich neben ihrem Tisch auf. Mit in den Hüften gestemmten Händen sah sie ihn empört an. »Sie wollten doch nur zur Toilette und dann erwische ich Sie hier!«

»Eine Freundin von Ihnen?« Grinsend sah Helena ihn an und auch Mackenzie konnte sich ein Grinsen nicht verkneifen.

»Meine Schwester und ich sitzen am Nebentisch und er hat uns einen Tanz versprochen.«

»Ich ... da haben Sie etwas falsch verstanden. Mitnichten habe ich das getan.« Nick überlegte fieberhaft, wie er aus der Nummer herauskam. Die Frau hatte etwas von einem Drachen und er befürchtete, das sie gleich Feuer spuckte.

»Das sind die Richtigen. Erst Hoffnungen wecken und sich dann davonschleichen. Schämen Sie sich, zwei Damen so auszunutzen.« Mit einem letzten vernichtenden Blick drehte sie sich um und ging vor sich hinschimpfend davon.

»So, so. Hoffnungen wecken und nicht einhalten. Sie sind ein ganz schöner Schwerenöter. Hätte ich Ihnen gar nicht zugetraut. Einen Antrag haben Sie ihr aber nicht gemacht, oder?« Helena lachte schallend los.

»Ja, wer den Schaden hat, ich weiß«, seufzte Nicklas.

»Zum Glück sind wir sie losgeworden. Mein Glas ist leer. Das ist bestimmt undicht.« Skeptisch musterte Helena ihr Glas.

»Ich gebe eine Runde aus. Mein Getränk steht noch auf dem anderen Tisch, aber ich werde mich hüten, es zu holen.« Die zwei würden ihn wahrscheinlich fesseln und knebeln, um ihm dann alles über ihre Hämorriden mitzuteilen. Schnell schüttelte er den Gedanken ab und winkte nach dem

Kellner, um die Getränke zu bestellen. Es versprach, ein schöner Abend zu werden.

4.

»Nur noch fünf Minuten.« Nick schlug mit der flachen Hand auf den Radiowecker, um die Schlummertaste zu drücken, aber nichts passierte. Schlaftrunken hob er den Kopf und stellte fest, dass das Telefon klingelte. Im Halbschlaf hatte er das zuerst nicht registriert.

»Halb acht am Sonntagmorgen. Wehe, es ist nicht wichtig.« Nicklas stand auf und ortete das Telefon unter einem Berg Klamotten. Er sollte dringend aufräumen.

»Hallo«, meldete er sich gähnend.

»Hey, Bruderherz. Bist du wach?«

»Jetzt schon.«

»Wie geht es Miss Graham?«, fragte Emma.

Auf Nicks Stirn bildete sich eine steile Falte. »Du rufst aber nicht in aller Herrgottsfrühe an, nur um dich nach dem Gemütszustand meiner Katze zu erkundigen, oder?«

»Nicht nur. Ich habe da ein Anliegen ...«

»Sonntags um halb acht?« Nick ließ sich aufs Bett zurückfallen und schloss die Augen. Er könnte so wieder einschlafen. Gestern war es spät geworden oder früh, je nach Blickwinkel.

»Erinnerst du dich an Leah?«

»Nein.«

»Nicht?«

»Ich habe keine Ahnung, wer das ist.« Gleich würde er eine Kopfschmerztablette nehmen. Das kam von dem alkoholfreien Bier, das vertrug er nicht. Die Frage war nur, wieso er es immer wieder bestellte?

»Du weißt es wirklich nicht? Kann ich gar nicht glauben.«

»Ich habe keinen blassen Schimmer. Wenn das ein Quiz ist, möchte ich meinen Telefonjoker anrufen. Komm mal zum Punkt, damit ich weiterschlafen kann.«

»NEIN!«

»Was meinst du damit?« Langsam kam er bei dem Gespräch nicht mehr mit.

»Du kannst nicht zurück ins Bett.«

»Wieso nicht?«

»Leah braucht dich.«

»Aha.« Die Kopfschmerzen nahmen zu. Nick stand auf und schlurfte in die Küche, um eine Tablette zu nehmen.

»Nicht, was du denkst«, drang Emmas lachende Stimme durch den Hörer.

»Was denke ich denn?«

»Du ... ach, egal. Hör zu. Leah lebt inzwischen in Chicago und hat schlimme Zahnschmerzen. Da habe ich angeboten, dass du ihr hilfst.«

Nick spülte die Tablette mit etwas Wasser hinunter. Das Gespräch nahm merkwürdige Züge an.

»Bist du noch dran?«, fragte Emma, da er nichts sagte.

»Ich habe eine Tablette genommen.«

»Wieso? Hast du gestern gesoffen? Ich hoffe, deine Hände zittern nicht, denn Leah ...«

»... hat Zahnschmerzen. Das erwähntest du bereits. Zu deiner Beruhigung, ich habe nur Alkoholfreies getrunken. Leider auch ein Bier, dass vertrage ich nicht.«

»Warum trinkst du es dann?«

»Ich ... das ist ja wohl meine Sache. Erzähl mir lieber, was ich mit den Zahnschmerzen deiner Freundin zu tun habe. Gibt es in Chicago keine Zahnärzte? Soll ich mich schnell dort hin teleportieren? Oder wie hast du dir das gedacht?«

»Was? Nein! Natürlich nicht. Leah ist bei mir zu Besuch.«

»Ach so. Warum sagst du das nicht gleich?«

»Ich dachte, du denkst mit. Aber so kann man sich täuschen.«

»Hör auf zu grinsen.«

»Ich grinse nicht.«

»Doch. Ich kenne dich.« Nick befüllte die Kaffeemaschine und schaltete sie ein. Sofort gab sie röchelnde Geräusche von sich. Jetzt wusste er, was er vergessen hatte. Die Maschine zu entkalken.

»Übergibt sich jemand bei dir?«, hörte er Emmas erstaunte Stimme.

»Nein, das ist die Kaffeemaschine.«

»Du solltest sie entkalken.«

»Danke für deinen Rat. Da wäre ich alleine nicht drauf gekommen«, sagte er ironisch.

»Blödmann.«

»Ich habe dich auch lieb.«

»Kannst du gleich zur Praxis kommen, um dir Leah anzusehen? Sie hat starke Schmerzen in einem der Backenzähne.«

Innerlich seufzte Nick. Das war es mit dem geruhsamen Sonntag. Aber natürlich ließ er Emmas Freundin nicht hängen. Zwar könnte sie zum Notdienst gehen, aber wer ging schon gerne zu einem fremden Zahnarzt? Er hatte Verständnis für ihren Anruf. »Ich bin in einer halben Stunde da. Muss noch duschen und Miss Graham füttern.«

»Du bist der Beste. Wir bringen dir einen Kaffee mit.«

»Auch ein Sandwich?«, fragte er hoffnungsvoll.

»Mit Schinken?«

»Ja bitte.«

»Ist gebongt. Bekommst du. Bis gleich Bruderherz.«

»Bis später.« Nick beendete das Gespräch und ging ins Badezimmer.

***

Eine halbe Stunde später parkte er den Wagen vor der Praxis. Emma und ihre Freundin warteten bereits auf ihn.

»Guten Morgen die Damen.« Er umarmte Emma und reichte Leah die Hand.

»Guten Morgen. Danke, dass Sie sich meinen Zahn ansehen, Dr. Grimm.«

»Nicht so förmlich. Ich heiße Nick. Sonst komme ich mir so alt vor.«

»Leah.«

»Du bist alt«, sagte Emma grinsend. »Wenn du von alkoholfreiem Bier schon Kopfschmerzen bekommst.«

»Ich wusste, es war ein Fehler, dir davon zu erzählen. Gehen wir rein.« Nick schloss die Tür auf und sie betraten die Praxis.

Nick führte die Frauen in Behandlungszimmer eins. Dort schaltete er das Licht ein und deutete einladend auf den Stuhl. »Mach es dir gemütlich.«

»Ich versuche es. Zahnärzte machen mich immer nervös.« Leah lächelte schief.

»Bei Nick wird keine Frau nervös. Also keine Angst.« Emma nahm auf dem Besucherstuhl Platz.

»Was soll das denn heißen?«, fragte Nick pikiert.

»Na ja, du hast bis heute keine Frau. Und wenn du dich nicht langsam um eine bemühst, sind die Guten bald alle vergeben.«

»Fängst du wieder damit an?« Vorwurfsvoll sah er Emma an. Ständig hielt sie ihm vor, dass er sich eine Freundin suchen sollte. Er bemühte sich ja, aber ihm war in der letzten Zeit keine interessante Frau über den Weg gelaufen.

»Ich kann es nicht oft genug sagen. Du kommst ja nicht in die Gänge. Bald musst du deine Ansprüche herunterschrauben, weil die Netten ...«

»... sind dann alle weg. Ja, das sagest du bereits und jetzt sehe ich mir Leahs Zahn an.« Nick stellte die Lampe richtig ein und fuhr den Stuhl etwas höher. »Bitte den Mund weit aufmachen.«

Leah kam der Aufforderung nach und Nick sah sofort, wo das Problem lag. »Dir ist ein Stück von einer Füllung abgebrochen. Jetzt liegt wahrscheinlich der Nerv frei. Die Plombe sieht alt aus. Ich ersetze sie durch eine Neue.«

»Tut es weh?«, fragte Leah ängstlich.

»Sie sieht nicht tief aus. Ich denke nicht. Aber ich kann dir gerne eine Spritze geben, wenn dir das lieber ist.«

Leah nickte. »Ja, bitte.«

»Kein Problem.« Nick zog eine Spritze auf und betäubte den Zahn. Nach einigen Minuten setzte die Wirkung ein und er widmete sich Leahs Problem.

5.

»Ich fahre jetzt in die Praxis. Tu mir den Gefallen und lass die Gardinen leben. Heute Abend bekommst du einen Kratzbaum.« Seit Miss Graham eine Liebe zu Vorhängen entwickelt hatte, hingen sie teilweise in Fetzen herunter. Gestern hatte er sich bei Emma darüber beschwert und sich direkt einen Rüffel eingefangen. Warum hatte er noch keinen Kratzbaum für Miss Graham besorgt? Aber woher sollte er das wissen, es war schließlich seine erste Katze.

Um dieses Wissen reicher, wollte er in der Mittagspause ins Tierfachgeschäft fahren und einen besorgen. Neue Gardinen brauchte er ebenfalls. Wegen Miss Graham müsste er sich bald einen Nebenjob suchen, da die Dame ziemlich ins Geld ging. Trotzdem würde er sie nicht mehr hergeben. Sie tat ihm gut und er fühlte sich nicht mehr so alleine.

Nick streichelte sie zum Abschied und fuhr zur Praxis. Dort wurde er von seinen Assistentinnen bereits erwartet. Nachdem er Helena wegen ihrer originellen Schuhe vom Tanzabend aufgezogen hatte, zog er sich, bis die ersten Patienten kamen, in sein Büro zurück.

»Endlich Pause«, stöhnte Mackenzie, als die letzte Patientin die Praxis verlassen hatte.

»Schließ schnell ab, bevor noch jemand reinkommt. Die ganze Stadt scheint Zahnschmerzen zu haben«, sagte Helena.

»Meinen Sie, im Tiergeschäft gibt es einen Snackautomaten?« Fragend sah Nick die beiden Frauen an. Er brauchte zum Geschäft hin und zurück mit dem Wagen fast vierzig Minuten. In der restlichen Zeit musste er den Kratzbaum aussuchen. Zeit sich noch etwas zu essen zu besorgen, blieb nicht.

»Keine Ahnung. Aber vielleicht gibt es einen Kauknochennotfallautomat vor dem Geschäft. Wie eine Apotheke.« Ratlos zuckte Helena die Schultern.

»Ein Kauknochen ist nicht das, was ich mir unter einem Mittagessen vorstelle.«

Kaum stand der Satz im Raum, brachen seine Assistentinnen in schallendes Gelächter aus.

»Was ist so komisch?« Nick trommelte genervt mit den Fingern auf der Theke herum, während die Frauen sich vor Lachen bogen.

»Ich ... stelle mir ... gerade vor, wie Sie an ... einem Knochen ... kauen und dann ein ... Patient hereinkommt.« Mack wischte sich eine Lachträne aus dem Augenwinkel.

»Das ist genial ... müssen wir uns ... für Halloween merken. Dann bekommen Sie einen Knochen um den Hals gehängt.«

»Ich schreibe es mir gleich auf.« Helena notierte sich die Idee auf einem Zettel und legte ihn in eine Mappe. »Das wird so klasse.«

»Ja, ich kann mich kaum halten vor Lachen.« Mürrisch sah Nick die zwei an. »Mir mir können Sie es ja machen.«

»Ach kommen Sie! Seien Sie nicht so eine Spaßbremse.« Mack zwinkerte ihm vergnügt zu. »Was wollen Sie denn im Tierladen?«

»Einen Kratzbaum für Miss Graham.«

»Ihre Katze.«

»Genau. Zurzeit verwüstete sie mit Vorliebe die Gardinen. Ich möchte nicht wissen, was die Nachbarn denken. Vor den Fenstern hängen nur noch Fetzen.«

»Vielleicht dass Sie ein ganz Wilder sind?«, schlug Helena grinsend vor.

»Vielen Dank. Jetzt fühle ich mich gleich viel besser.«

»Gern geschehen. Ich habe einen Vorschlag.«

»Ich höre.«

»Sie kaufen das Kratzdings und wir besorgen Ihnen etwas zu essen. Wir haben den chinesischen Imbiss ins Auge gefasst. Was halten Sie davon?« Fragend sah Helena ihn an.

»Eine ganze Menge. Sie sind meine Lieblingsassistentinnen.«

»Bekommen wir eine Gehaltserhöhung?«

»Nein, so lieb habe ich Sie dann doch nicht.« Nick grinste sie an. »Ich möchte eine Sauerscharfsuppe und ein paar Minifrühlingsrollen.«

»Bringen wir Ihnen mit.« Helena lächelte ihn liebenswürdig an.

»Was hecken Sie aus?« Argwöhnisch sah er sie an. Er kannte den Blick. In der Regel verhieß er nichts Gutes.

»Nichts. Wie kommen Sie darauf?«

»Ich kenne Sie schon ein paar Jahre. Wenn Sie so nett lächeln, führen Sie etwas im Schilde.«

»Sie haben ja eine schöne Meinung von mir.« Helena verschränkte die Arme vor der Brust. »Da will man einmal nett sein und was ist der Dank? Ich werde verdächtigt. Ich glaube, in Zukunft sage ich nichts mehr ohne meinen Anwalt.«

»Einverstanden. Aber sein Honorar zahlen Sie selbst. Bis später. Ich muss los. Stellen Sie mir die Sachen warm? Danke.« Mit den Worten verließ er die Praxis, und als die

Tür hinter ihm zufiel, meinte er das Wort Abführmittel zu hören.

***

Knappe fünfzig Minuten später parkte Nick den Wagen wieder vor der Praxis. Er war um einen Kratzbaum reicher und einige hundert Dollar ärmer. Für den gezahlten Betrag hätte er einen Wochenendurlaub buchen können. Die ganzen anderen Kleinigkeiten, die er noch erstanden hatte, eingerechnet. Miss Grahams bevorzugtes Futter war im Angebot gewesen. Da musste er natürlich zuschlagen und die hübschen Quietschtiere konnte er auch nicht liegen lassen. Sie sollte sich ja nicht langweilen, wenn sie alleine war. Wenn er solche Megaeinkäufe öfters tätigte, brauchte Miss Graham für ihren Krempel bald ein eigenes Zimmer.

Seufzend schloss er den Wagen ab und betrat die Praxis. Er kam bald um vor Hunger. Hoffentlich hatten seine Damen ihn nicht vergessen. »Ich bin wieder da.«

»Haben Sie alles bekommen?« Helena kam aus dem Pausenraum.

»Mehr als mir lieb ist.«

»Sind Sie jetzt pleite?«

»Fast.«

»Haben Sie noch acht Dollar?«

»Ich glaube, die bekomme ich noch zusammen.« Nick schloss die Tür ab und sah anschließend verdattert auf Helenas ausgestreckte Hand.

»Dann mal her damit.«

»Ja natürlich, das Essen. Sie trauen mir nicht, mh.« Nick kramte sein Portemonnaie aus der Hosentasche.

»Nur soweit ich Sie werfen kann«, erklärte Helena ernst.

»Witzig wie immer. Ich habe nur einen Zehndollarschein.«

»Macht nichts. Den Rest packe ich in die Kaffeekasse.« Sie zog ihm den Schein aus den Fingern und verschwand damit im Pausenraum.

Verdattert sah er ihr hinterher. Das war mal wieder typisch. Wie gut, dass er ihr keinen Hunderter gegeben hatte. »Wo ist mein Essen?«, rief er.

»Auf Ihrem Schreibtisch.«

Nick ging ins Büro und ließ sich aufatmend in den Sessel sinken. Endlich sitzen. Wenn er jetzt die Augen schloss, würde er einschlafen. Er rieb sich über die Lider und befreite das Essen aus der Warmhaltebox. Es roch köstlich. Genüsslich tunkte er eine der Frühlingsrollen in die Soße. »Mh, lecker.« Er liebte chinesisches Essen. Anschließend versuchte er die Suppe. Auch die schmeckte ausgezeichnet.

Als er die zweite Frühlingsrolle in den Mund steckte, klopfte es.

»Herein.«

Helena steckte den Kopf zur Tür herein. »Schmeckt es?«

»Es ist hervorragend.«

»Das freut uns.« Sie lächelte schelmisch. »Guten Appetit.« Helena zog die Tür zu.

Nachdenklich sah Nick auf das Essen. Ihm kam in den Sinn, was er vorhin beim Verlassen der Praxis gehört hatte. Das Wort Abführmittel war gefallen. Ob sie ihm etwas davon in die Suppe gekippt hatten? Energisch schüttelte er den Kopf. Nein, das traute er ihnen doch nicht zu. Er aß weiter, aber ein mulmiges Gefühl blieb.

6.

»Eine Stunde nichts essen oder trinken. Danach ist wieder alles erlaubt«, instruierte Nick die letzte Patientin des Tages.

»Ich werde mich daran halten. Einen schönen Feierabend wünsche ich Ihnen.«

»Der Doktor kettet uns abends an die Heizung im Pausenraum, aber trotzdem danke.«

Die Patientin sah Helena, die dies, ohne eine Miene zu verziehen, gesagt hatte, irritiert an. »Oh, ich ... ja ...«

»Glauben Sie ihr kein Wort. Sie lügt.« Irgendwann würde die Polizei vor der Tür stehen. Davon war er überzeugt.

»Stimmt. Er bindet uns im Keller an. Da ist es dunkel und feucht, sage ich Ihnen. Letztens haben wir eine Ratte gesehen, obwohl Mack meint, es war eine Maus. Vermutlich ein Mutant. Die war so groß.« Helena zeigte mit ihren Händen eine Größe von über einem Meter an.

»Meine Assistentinnen hatten in der Schule Comedy als Hauptfach. Darf ich Sie hinausbegleiten?«

Nachdem er sich von der Patientin verabschiedet hatte, schloss er ab und ging mit erhobenem Zeigefinger auf

Helena zu. Die stand an der Anmeldung und berichtete Mackenzie brühwarm, was sich gerade im Behandlungszimmer abgespielt hatte.

»Ketten Sie uns jetzt an?« Helena bog sich vor Lachen.

»Sie können von Glück sagen, dass Mrs. Bender eine Stammpatientin ist und Sie kennt. Sonst würde ich Ihnen jetzt den Hintern versohlen.«

»Bei Neukunden würde ich das nicht machen. Wissen Sie doch. Nebenbei bemerkt – Sie haben Ihre Katze nicht im Griff und wollen mir den Hintern versohlen? Ihre Witze werden immer besser.« Helena kicherte los und Mack fiel mit ein.

Nick gab es auf und verzog sich ins Büro, um noch einen Bericht fertigzustellen.

Zwanzig Minuten später fuhr Nick den Computer herunter. Endlich konnte er nach Hause. Dort wartete bereits eine Katze auf ihr Essen und den Kratzbaum, den er noch aufbauen musste. Warum wurde der in Einzelteilen verkauft?

Er klappte den Laptop zu und beim Ordnen der Stifte, fiel ihm einer herunter. Nick bückte sich, um ihn aufzuheben und beim Aufrichten stieß er sich den Kopf an einer aufstehenden Schublade. Sofort wurde ihm schwindelig, als sein Kopf Bekanntschaft mit der scharfen Ecke machte.

Langsam richtete er sich auf und tastete vorsichtig nach der Beule. Dort fühlte er Nässe. Wahrscheinlich hatte er sich eine Platzwunde zugezogen. Großartig.

Schnell nahm er ein Tuch aus einer Schublade und drückte es auf die Wunde. Hoffentlich konnte er die Blutung damit stillen. »Herein«, rief Nick, da es in diesem Moment klopfte.

»Wir sind weg. Sie müssen ... oh mein Gott! Was ist passiert?« Entsetzt sah Helena ihn an.

»Ich habe mir den Kopf an der Schublade gestoßen.«

»Lassen Sie mich mal sehen.« Sie nahm ihm das Tuch ab und sah sich die Wunde an. »Ich glaube, das muss genäht werden.«

»Auch das noch«, stöhnte Nick. Der Tag war bisher ja nicht stressig genug. Jetzt durfte er sich zum krönenden Abschluss stundenlang in die Notaufnahme setzen, da alle Praxen geschlossen waren.

Helena reichte ihm ein frisches Handtuch. »Ich werde Sie fahren. In dem Zustand lasse ich Sie nicht hinters Steuer. Drücken Sie das Tuch auf die Wunde und kommen Sie mit.«

Verdutzt sah Nick sie an. Damit hatte er nicht gerechnet. Aber er musste zugeben, er war erleichtert, dass er nicht mit dem Taxi fahren musste. Selber fahren wollte er in seinem momentanen Zustand nicht. »Danke«, sagte er leise.

»Doch nicht dafür.« Helena bugsierte ihn zur Tür hinaus und schloss die Praxis ab.

Eine halbe Stunde später betraten sie die Notaufnahme des Krankenhauses. Nick beschlich das ungute Gefühl, dass er besser eine Zahnbürste mitgebracht hätte. Es herrschte ein reger Betrieb. Fast alle Stühle waren besetzt.

»Großartig. Ich werde wohl die Nacht hier verbringen. Danke, dass Sie mich hergefahren haben. Ich wünsche Ihnen einen schönen Abend«.

»Den werde ich haben. Hier. Mit Ihnen.«

»Sie wollen hierbleiben?«

»Natürlich. Glauben Sie, ich lasse Sie hängen? Ganz bestimmt nicht. Jetzt melden wir Sie erst mal an. Geben Sie mir Ihre Versichertenkarte. Ich regel das, während Sie sich setzen. Halten Sie mir einen Platz frei.«

»Ich werde ihn bis aufs Blut verteidigen.«

»Das will ich hoffen.« Sie zwinkerte ihm zu und begab sich zur Aufnahme.

Nick fand tatsächlich zwei freie Stühle, die er in den zwanzig Minuten, die Helena brauchte, gegen einige andere Leute tatsächlich verteidigen musste. Eine Frau hatte schon ihre Handtasche erhoben, aber seine Befürchtung, sie würde ihn damit schlagen, bewahrheitete sich zum Glück nicht.

»Hey, da bin ich. Hier ist die Karte.« Helena gab ihm den Versichertenausweis zurück.

»Wird es lange dauern?«

»Kommt drauf an, wie Sie lange interpretieren.«

»Was meinen Sie damit?«

»Na ja ... wenn Sie vier Stunden shoppen, kommt Ihnen das wie Minuten vor. Aber fünf Minuten mit dem nackten Hintern auf einer heißen Herdplatte können sich wie Jahre anfühlen.«

»Wieso sprechen Sie in Metaphern mit mir? Was ist das überhaupt für ein Vergleich? Herdplatte? Wirklich?«

»Den Spruch habe ich von meinem Vater. Den hat er mir als Kind oft vorgehalten und ich dachte, jetzt ist ein guter Zeitpunkt, ihn mal anzuwenden. Er wäre stolz auf mich.« Helena grinste breit.

»Ja, zweifelslos. Das wäre er. Wie lange dauert es denn jetzt?«

»Zwei Stunden. Vielleicht auch drei oder vier. Eventuell auch fünf und ...«

Nick winkte ab. »Ich habe es kapiert. Sie wissen es nicht.«

»Hey, nicht ich. Die Krankenschwester an der Aufnahme hat genau das gesagt. Zwar habe ich behauptet, Sie stehen kurz vorm Verbluten, aber ich fürchte, sie hat mir nicht geglaubt.« Helena zuckte die Schultern.

»Na super. Hoffentlich randaliert Miss Graham nicht, wenn ich nicht nach Hause komme.«

»Die Uhr kann sie ja wohl nicht, oder haben Sie Supercat als Untermieter?«

»Sie ist schon super, nämlich superschnell eingeschnappt.«

»Eine eingeschnappte Katze? Echt jetzt?«

»Sie haben keine Haustiere?«

»Nein.«

»Dann verstehen Sie das nicht«, seufzte Nick. Er hätte das ja selbst nicht für möglich gehalten.

»Sie müssen mir Miss Graham unbedingt vorstellen.« Grinsend öffnete Helena ihre Handtasche, der sie ein Sandwich entnahm.

»Nicht Ihr Ernst, oder? Wir sitzen in der Notaufnahme und Sie futtern ein Brot?«

»Warum nicht? Außer einem Dachschaden haben Sie nichts und mein Abendbrot fällt aus. Möchten Sie auch eins?« Sie zog ein zweites Sandwich aus der Tasche und hielt es Nick hin.

Hungrig sah er das Brot an. »Was ist drauf?«

»Salami und Käse.«

»Okay, schon überredet.« Dankbar nahm er es an. »Will ich wissen, warum Sie belegte Brote mit sich herumtragen?«

»Ich glaube nicht.«

»Okay, dann frag ich nicht.« Nick biss ins Brot. »Warum?« Die Neugier würde ihn nicht ruhen lassen. Er musste es wissen.

»Sie sind ganz schön neugierig.« Sie grinste ihn mit vollen Backen an.

Nick fand, dass sie so ein wenig Ähnlichkeit mit dem Hamster, aus dem Tiergeschäft hatte. Aber er war klug genug, das nur zu denken. »Verraten Sie es mir?«

»Ist ganz langweilig. Ich wollte nach Feierabend zum Ausverkauf und das Sandwich auf dem Hinweg im Auto essen.«

»Jetzt vermassel ich Ihnen Ihren Shoppingabend. Sie können ruhig gehen. Ich schaffe das auch alleine.« Nick wollte ihr auf keinen Fall den Abend verderben.

»Ich lasse Sie hier nicht alleine. Wer weiß, was Ihnen sonst noch zustößt. Irgendwer muss Sie ja später nach Hause bringen.«

»Ich kann mir ein Taxi rufen.«

»Nein, ich bleibe bis zum bitteren Ende und nachher chauffiere ich Sie zurück. Keine Widerrede.« Mahnend sah sie ihn an und er schloss den Mund wieder. Frauen sollte man nicht widersprechen und er konnte nicht verleugnen, dass es ihn freute, dass sie ihm Gesellschaft leistete.

7.

»Danke fürs Warten und Chauffieren«, sagte Nick, als Helena den Wagen vor seinem Haus stoppte.

»Reiner Selbstschutz.«

»Wie meinen Sie das?«

»Wenn Sie einen Unfall gebaut hätten und es wäre Ihnen etwas passiert, stände nicht nur mein Job auf der Kippe.«

»Da lag ich wohl falsch mit der Annahme, dass Sie Mitgefühl hätten. Ein Stein schlägt in Ihrer Brust. Ich habe es geahnt.« Nick grinste breit. Er liebte die verbalen Gefechte mit Helena.

»Hey, ich bin sensibel und jetzt scheren Sie sich aus meinem Auto«, antwortete sie lachend.

»Wir sehen uns morgen früh.« Nick öffnete die Tür.

»Ich werde mir die Zeit in der Notaufnahme als Überstunden aufschreiben.«

»Ähm ...«

»War ein Witz. Schauen Sie nicht so schockiert.«

»Sie schaffen es immer wieder, mich zu überraschen. Schlafen Sie gut.« Schwungvoll warf Nick die Autotür zu.

Im Anfahren winkte Helena ihm noch einmal zu und er sah ihr schmunzelnd hinterher.

In der Wohnung wurde er von einer mauzenden Miss Graham empfangen. Täuschte er sich oder sah sie ihn vorwurfsvoll an? Konnten Katzen überhaupt so schauen? Im Moment würde er das ohne zu zögern mit Ja beantworten.

»Du hast bestimmt Hunger. Du Ärmste. Musstest den ganzen Tag hungern.« Er ging in die Küche und öffnete eine Packung Nassfutter, auf das sich Miss Graham sofort stürzte.

Er selbst war dank Helenas Broten satt. Also nahm er sich eine Wasserflasche aus dem Kühlschrank und setzte sich damit ins Wohnzimmer. Er schaltete den Fernseher ein, aber mit seinen Gedanken war er woanders.

***

Am nächsten Morgen fuhr Nick mit einem Taxi zur Arbeit, da sein Wagen vor der Praxis stand. Er war der Erste, was ihm sehr gelegen kam. So konnte er in Ruhe Papierkram erledigen. Manchmal fragte er sich, ob er Zahnarzt oder Buchhalter war. Die bürokratischen Aufgaben nahmen mit jedem Jahr zu. Nick fuhr den Computer hoch und widmete sich den Berichten.

Die Ruhe währte jedoch nicht lange. Knapp fünfzehn Minuten später vernahm er Helenas und Mackenzies Stimmen. Er verließ das Büro und gesellte sich zu seinen Assistentinnen.

»Gleich mal hören, wie es seinem Kopf geht«, hörte er Helena sagen, als er die Aufnahme betrat.

»Es geht schon wieder.«

»Man sieht gar nichts.« Mackenzie beäugte ihn argwöhnisch.

»Sie ist unter den Haaren verborgen.« Was erwartete sie? Eine Narbe quer übers Gesicht?

»Mehr Glück als Verstand«, kommentierte Helena trocken.

»Das überhöre ich mal.«

»Wie großzügig.«

Nick gab Helena einige Papiere. »Das muss heute in die Post. Kümmern Sie sich bitte darum.«

»Geht klar.«

»Was haben wir gleich als Erstes?«

Helena sah in den Computer. »Eine Routinekontrolle. Sie können noch eine ruhige Kugel schieben.« Grinsend sah sie ihn an.

Zu einer Antwort kam er nicht mehr. Die Tür öffnete sich und der Rest der Belegschaft betrat die Praxis. »Guten Morgen zusammen«, grüßten sie die Anwesenden.

»Guten Morgen die Damen. Dann sind wir ja komplett.« Nick nickte ihnen zu und zog es vor, sich bis zum ersten Patienten ins Büro zu verziehen.

***

Die Mittagspause verbrachte Nick mit einem Gericht vom Chinesen hinter dem Schreibtisch. Das Essen hatte er sich selbst besorgt. So konnte er sicher sein, dass sich kein Abführmittel darin befand. Den ganzen gestrigen Nachmittag hatte er auf Anzeichen wie Krämpfe und Bauchschmerzen geachtet. Das wollte er sich heute ersparen. Natürlich war nichts davon eingetreten, aber auf die Anspannung, die er empfunden hatte, konnte er gut und gerne verzichten.

Während des Essens surfte er im Internet. Ihm war nicht bewusst gewesen, wie viele Onlineshops es für Haustiere gab. In einem Shop hatte er sich registriert und den Newsletter abonniert. Die Seite warb mit vielen

Preisaktionen, die er sich nicht entgehen lassen wollte. Ihm war aufgefallen, dass er in den letzten Wochen bei Facebook auffallend viele Katzenbilder gepostet und lustige Videos geteilt hatte. Früher hatte er sich über Leute, die ständig Katzenfilmchen teilten, lustig gemacht. Heute gehörte er selbst dazu. Von Miss Graham befanden sich ebenfalls schon einige Videos online.

Die Tür flog auf und Nick zuckte erschrocken zusammen. Fast hätte er die Schale vom Tisch gestoßen.

»Können Sie nicht klopfen?« Vorwurfsvoll sah er Helena an.

»Sorry. Aber es handelt sich um einen Notfall.«

»Ein Schmerzpatient?« Nick erhob sich bereits aus dem Stuhl.

»Nein.«

»Was denn?«

»Wir haben uns ebenfalls etwas beim China-Imbiss geholt.«

»Was hat das mit einem Notfall zu tun? Ich verstehe nur Bahnhof.« Verwirrt sah Nick sie an. Das war wieder so ein Helenading. Da musste er zweimal um die Ecke denken und verstand es trotzdem nicht.

»Wir haben die Frühlingsrollen vergessen. Sie wissen schon, die kleinen Leckeren mit der Süßsauersoße.«

»Ich kann Ihnen nicht folgen.«

»Sie lieben die Dinger und nehmen grundsätzlich die große Portion.«

»Woher wissen Sie das?«

»Das gehört zu meinem Job.« Helena trat an den Schreibtisch und sah begehrlich auf die Frühlingsrollen.

»Dass Sie wissen, was ich esse?«

Sie nickte. »Eine gute Zahnarzthelferin sollte alles über ihren Chef wissen.«

»Davon sind Sie weit entfernt.«

»Ich weiß mehr, als Sie denken.«

»Welche Schuhgröße habe ich?«

»Dreiundvierzig.«

»Mein Geburtstag?«

»Am zweiten August werden sie achtunddreißig.«

»Wie ist der Spitzname meiner Schwester?«

»Ems.«

»Lieblingsfarbe?«

»Grün.«

»Getränk?«

»Kaffee und das eimerweise.«

Anerkennend sah er sie an. »Sie wissen eine Menge. Aber die nächste Frage können Sie nicht beantworten.«

»Ganz bestimmt. Wollen wir wetten?«

»Um was?« Neugierig sah Nick sie an.

»Wenn ich es nicht weiß, dann baue ich Ihnen das Kratzdings zusammen.«

»Gutes Angebot.«

»Was bieten Sie im Gegenzug?« Helena setzte sich auf die Tischkante und fischte eine Frühlingsrolle aus dem Karton, die in einer bemerkenswerten Geschwindigkeit in ihrem Mund verschwand.

»Ich lade Sie zum Essen ein. Wir gehen ins Steakhaus.«

»Ich bin dabei. Lassen Sie hören.«

»Welche Slipgröße trage ich?« Nick lehnte die Arme auf den Schreibtisch und sah sie grinsend an. Bingo! Das wusste sie auf keinen Fall.

»Sechs«, kam es wie aus der Pistole geschossen. Jetzt war es an Helena zu grinsen.

»Das ist unfair. Woher wissen Sie das?« Er ließ sich im Stuhl nach hinten fallen. Dabei hatte er sich so gefreut, den Kratzbaum nicht alleine aufstellen zu müssen.

»Ich sagte doch, ich weiß fast alles. Freitag hätte ich Zeit oder Samstag. Ich bin flexibel.«

»Freitag bin ich bei meiner Schwester eingeladen, aber Samstag passt.«

»Wir haben einen Deal.« Helena schnappte sich die Box mit den Frühlingsrollen und öffnete die Tür. Bevor sie das Büro verließ, drehte sie sich noch einmal um. »Wenn Sie möchten, begleite ich Sie heute nach Hause und helfe Ihnen beim Aufbauen des Kratzbaumes. Ich muss die Frau kennenlernen, die Sie so gut im Griff hat.« Mit den Worten zog sie grinsend die Tür hinter sich zu.

8.

»Was meinst du, Miss Graham? Ist die Wohnung vorzeigbar?« Nick fand, dass sie sich in einem passablen Zustand befand. Es lagen weder Pizzakartons oder Unterhosen herum. Die Küche war aufgeräumt und das Bad hatte er, als er nach Hause gekommen war, schnell geputzt. Fehlte nur noch Helena. Dass sie ihm helfen wollte, obwohl sie gewonnen hatte, fand er klasse. So musste er das Teil nicht alleine zusammenbauen und befand sich dabei in bezaubernder Gesellschaft.

Miss Graham sprang auf die Couch, wo sie sich hoheitsvoll niederließ. Fehlten nur noch Krone und Zepter, um das Bild zu komplettieren.

»Du bist mir eine schöne Hilfe«, brummte Nick. Anschließend sah er aus dem Fenster. Wo blieb sie nur? Kannte sie seine Adresse? Natürlich. Sie wusste, welche Slipgröße er trug, wahrscheinlich kannte sie sogar die Namen der Nachbarn.

In diesem Moment klingelte es und Nick fiel auf dem Weg zur Tür fast über seine eigenen Füße. Schnell strich er sich durchs Haar, dann öffnete er.

»Helena, haben Sie gut hergefunden?«

»Klar, ich war schon mal hier.« Neugierig sah sie sich um.

»Aber nicht im Haus.« Verwundert schloss Nick die Tür.

»Nein. Aber wer glauben Sie, hat Ihnen an Nikolaus, den Kiloweihnachtsmann vor die Tür gestellt?« Grinsend sah sie ihn an.

»Sie ... waren das?«

»Mit Mack. Wir kennen Ihre Schwäche für Schokolade und wollten Ihnen etwas Gutes tun. Haben Sie gedacht, den hat der Nikolaus Ihnen gebracht, weil sie so brav waren?«

»Oh.«

»Was?«

»Ich dachte, der käme von meinen Eltern. Jetzt weiß ich, warum meine Mutter am Telefon so merkwürdig reagiert hat, als ich mich überschwänglich bedankt habe.« Nick kratzte sich verlegen am Kopf. Was für ein großes Fettnäpfchen.

»Wahrscheinlich denkt Sie, dass Sie ein wenig verpeilt sind, aber das ist ja nichts Neues.«

»Vielen Dank auch.«

»Gern geschehen. Führen Sie mich herum?«

»Das Haus steht nicht zum Verkauf, das wissen Sie schon, oder?«

»Ich sehe es mir trotzdem gerne an. Das Schlafzimmer können wir auslassen.«

»Das wäre Ihrem Freund bestimmt auch nicht recht, wenn Sie das Schlafzimmer Ihres Chefs begutachten.«

»Welcher Freund?«

»Ihr ... Moment ... haben Sie sich getrennt?«

»Ja, wir sind auseinander. Sie können mir das Schlafzimmer unbesorgt zeigen. Also nicht so, wie Sie vielleicht meinen ... ich möchte nur mal gucken, falls das ... falsch angekommen ist.«

»So verlegen kenne ich Sie gar nicht. Darf ich ein Foto machen?«

»Unterstehen Sie sich!«

»Sie gönnen mir nichts und dabei sind Sie meine Lieblingsassistentin.« Vergnügt zwinkerte Nick ihr zu. »Wollen wir uns setzen?«

»Echt? Das muss ich Mack und den anderen erzählen.«

»Ähm ... ich wäre Ihnen verbunden, wenn Sie das für sich behalten. Nachher ... na ja, rächen sie sich an mir.« Er würde alles darauf verwetten, dass er die frechsten und vorlautesten

Helferinnen aller Zahnärzte in der ganzen Stadt hatte. Trotzdem würde er sie nicht eintauschen. Sie waren ein tolles Team.

»Sie wollen sich alle warm halten. Ich verstehe schon. Ich kann schweigen. Versprochen.«

»Danke. Möchten Sie etwas trinken?«

»Im Moment nicht, danke. Das muss Miss Graham sein.« Helena setzte sich zu seiner Katzendame aufs Sofa.

»Ja, das ist die Herrin des Hauses.«

»Sie ist aber auch süß.« Helena kraulte Miss Graham, die sich schnurrend auf ihrem Schoss niederließ.

»Anspruchsvoll, schnell eingeschnappt und zickig sind einige Adjektive, die hervorragend auf sie zutreffen.«

»Dein Herrchen ist aber gemein zu dir. Soll ich dich gleich in meiner Handtasche rausschmuggeln? Bei mir ist es eh viel schöner.«

»Ich kann Sie hören.« Grummelnd setzte Nick sich in den Sessel. »Wollten Sie mir nicht helfen, den Kratzbaum aufzubauen, statt meine Katze zu entführen?«

»Hey, dann könnten Sie sich das sparen. Den würde ich ebenfalls mitnehmen. Wäre ja schade um das gute Stück, nicht wahr?« Breit grinsend sah Helena ihn an.

Nick schüttelte den Kopf. Gegen das freche Mundwerk kam er nicht an. »Dann mal los. Der Baum setzt sich nicht von alleine zusammen.« Er stand auf und sah Helena auffordernd an.

Die seufzte laut. »Da sieht du es. Nach Feierabend vom Chef zum Arbeiten gezwungen.«

»Ich habe Klebeband.«

»Was soll mir die Information sagen?«

»Damit klebe ich Ihnen Ihr vorlautes Mundwerk zu.«

Helena brach in schallendes Gelächter aus.

»Sie glauben mir nicht?«

»Nein. Aber der Versuch war gut. Also los! Packen wir es an. Ist er in dem Karton?« Sie zeigte zur Wand, wo ein großes Paket stand.

»Ja, das ist er. Ich hole eine Schere, dann können wir beginnen.« Nick lief in die Küche und kehrte kurz darauf mit einer Schere zurück. Er öffnete den Karton und gemeinsam begannen sie mit dem Aufbau.

***

»Uff, endlich fertig.« Erleichtert setzte Helena sich auf den Boden, neben den Kratzbaum.

»Ja, zum Glück. Dass es so kompliziert es, ihn aufzubauen, hätte ich nicht gedacht.«

»Hat sich gelohnt. Er sieht klasse aus. Nur das Beste für die Dame des Hauses. Haben Sie eigentlich den Aufdruck auf dem Karton gesehen?«

»Nein. Wovon reden Sie?«

»Der Kratzbaum wird vom Hersteller empfohlen, wenn zwei oder mehr Katzen im Haushalt leben. Falls Miss Graham keinen Zwilling hat, hätte es ein kleineres Modell ebenfalls getan.« Grinsend zeigte sie auf den besagten Hinweis.

»Nein, habe ich nicht gesehen. Das ist so klein geschrieben, dafür braucht man eine Lupe«, verteidigte sich Nick. Das war ihm glatt entgangen. Er hatte sich für den Größten entschieden, weil er dachte, dann hätte Miss Graham mehr Auswahl, wo sie liegen könnte.

»Würde ich auch behaupten. Aber hey, wenn noch eine Katze einzieht, ist kratzbaumtechnisch alles in trockenen Tüchern.«

»Miss Graham reicht mir völlig. Sie hält mich genug auf Trab. Noch so ein Exemplar und ich muss die Praxis schließen.«

»Übertreiben Sie mal nicht so.« Helena streckte den Arm in die Höhe, damit Nick ihr aufhalf.

»Sind Sie so alt, dass Sie nicht mehr alleine hochkommen.« Er zog sie auf die Füße.

»Natürlich nicht. Ich wollte Ihnen nur die Chance geben, sich als Kavalier zu beweisen.«

Helena stand so dicht vor ihm, dass ihm ihr Parfüm in die Nase stieg. Er stellte sich vor, wie es wäre, sich vorzubeugen, um sie küssen. Er starrte sie wie hypnotisiert an.

»Dr. Grimm? Alles okay?« Helena schüttelte ihren Chef leicht an der Schulter. Sein Blick war auf einmal so glasig, so abwesend.

»Was? Ja, alles ... okay.« Verlegen trat Nick einen Schritt zurück. Was dachte er sich dabei? Helena war seine Angestellte.

»Wo waren Sie bloß mit Ihren Gedanken?«

»Bei der Arbeit.«

»Natürlich und die Erde ist eine Scheibe. Ich wette, Sie haben an eine Frau gedacht. Wer ist es? Mir können Sie es ruhig sagen. Ich kann schweigen.« Neugierig sah sie ihn an.

»Das höre ich heute bereits zum zweiten Mal von Ihnen. Aber nein, ich habe an die Arbeit gedacht, auch wenn Sie es nicht glauben.«

Helena zuckte die Schultern. »Dann nicht, aber falls Sie doch der Drang zur Beichte überkommt, Sie wissen ja, wo Sie mich finden. Wie spät ist es eigentlich?«

»Fast halb elf.« Der Aufbau hatte sie Zeit und Nerven gekostet.

»Ich sollte nach Hause fahren. Sonst meckert mein Chef morgen, wenn ich unkonzentriert bin.«

»Ihr Chef scheint ein richtiges Ekel zu sein«, sagte Nick lachend, während er sie zur Tür begleitete.

»Wissen Sie, eigentlich ist er ganz nett. Bis morgen«, verabschiedete Helena sich mit einem Augenzwinkern.

»Bis morgen.« Nick schloss die Tür und dachte bei sich, dass es auf Gegenseitigkeit beruhte, nur dass er Helena mehr als nur nett fand.

9.

Müde betrat Nick am nächsten Morgen die Praxis. Die halbe Nacht hatte er wachgelegen und an Helena gedacht. Er bekam sie nicht mehr aus dem Kopf. Schon seit einiger Zeit beschäftigte sie ihn, aber er hatte sich Gedanken an sie verboten. Erstens befand sie sich in einer Beziehung, zum Zweiten war sie seine Angestellte. Seit gestern wusste er, dass es keinen Freund mehr gab und seitdem fuhren seine Gefühle Achterbahn.

»Guten Morgen Dr. Grimm. Sie sehen richtig fertig aus. Was haben Sie die Nacht gemacht?«, wurde er von Mackenzie aus seinen Gedanken gerissen.

»Ich habe schlecht geschlafen. Miss Graham hat mich wachgehalten.« Eine Katze war eine ausgezeichnete Ausrede für fast alles. Letztens hatte er eine Verabredung mit seiner Schwester vergessen und ebenfalls Miss Graham beschuldigt. Emma hatte ihm sofort verziehen. Echt praktisch.

»Meine Güte. Wie wollen Sie jemals mit einer Frau klarkommen?« Mackenzie sah ihn vorwurfsvoll an.

»Wie meinen Sie das?«

»Wenn Sie sich schon von einer Katze auf der Nase herumtanzen lassen, wie soll das mit einer Freundin enden? Eine Frau wird Sie überrollen und anschließend zermahlen.«

»Traumhafte Aussichten. Sie machen mir Mut. Nur weiter so. Ich bin in meinem Büro. Erinnern Sie mich später daran, Ihnen das Gehalt zu kürzen.«

»Träumen Sie weiter«, antwortete Mackenzie lachend.

Ja, sie hatte recht. Miss Graham tanzte ihm auf der Nase herum und seine Angestellten ebenfalls. Er sollte energischer auftreten, aber gegen so ein schnelles Mundwerk standen seine Chancen eher schlecht. So schlagfertig war er nicht. Die passende Antwort fiel ihm meistens Stunden später ein. »Ist Helena schon da?«

»Nein.«

»Wenn Sie kommt, schicken Sie sie bitte in mein Büro.«

»Wird erledigt«, antwortete Mack geistesabwesend, den Blick auf den Computer gerichtet.

Nick hoffte, dass sie es nicht vergaß, und verzog sich ins Büro.

Keine fünf Minuten später riss Helena die Tür auf. »Sie wollten mich sprechen?«

»Im Rahmen befindet sich nicht ohne Grund eine Tür. Von Anklopfen halten Sie nicht viel, mh?«

»Haben Sie etwas Unanständiges getan?« Lachend ließ Helena sich auf einen der Stühle vor dem Schreibtisch nieder.

Wie gerne würde Nick etwas Unanständiges tun, am liebsten mit Helena zusammen. Ihm kamen mehrere schöne Ideen und keine davon war jugendfrei. Schnell schüttelte er die Gedanken ab und bemühte sich um einen neutralen Gesichtsausdruck. »Ich wollte mich noch mal für Ihre Hilfe beim Kratzbaumaufbau bedanken.«

»Keine Ursache. Hat Spaß gemacht. Gefällt er Miss Graham denn?«

»Ich glaube ja. Heute Morgen lag sie drauf, als ich gegangen bin.«

»Dann hat sich der Kauf gelohnt. Was hat das Teil eigentlich gekostet?«

»Zu viel. Das können Sie mir glauben.«

»Bohren Sie einfach ein Loch mehr aus. Dann haben Sie den wieder drin.«

Nick bekam einen Hustenanfall. Seine Vorstellungskraft heute überraschte ihn selbst.

Helena sprang auf und klopfte ihm auf den Rücken. »Geht es wieder?«, fragte sie, nachdem er sich beruhigt hatte.

»Ja, danke. Alles in Ordnung. Habe mich nur verschluckt.«

Helena strich ihm noch ein paar Mal kräftig über den Rücken und Nick entfuhr ein wohliges Seufzen.

»Wirklich alles gut?« Argwöhnisch sah sie ihn an.

»Ja.«

»Sicher? Sie grinsen so dämlich.« Helena nahm wieder auf dem Stuhl Platz.

Nick beschloss das Thema zu wechseln, bevor er noch etwas Dummes sagte. »Ich wollte die Uhrzeit für Samstag besprechen.«

»So wie Sie es sagen, könnte man meinen, es handelt sich um einen Termin für eine Zahnreinigung.« Sie zog eine Grimasse.

»Eine Wurzelfüllung. Die macht mehr Spaß«, antwortete Nick breit grinsend. Endlich fiel ihm mal auf Anhieb eine passende Antwort ein.

»Eins zu null für Sie.« Lachend stand Helena auf. »Ich bereite mein Zimmer vor, damit Sie gleich den ersten Patienten foltern können.« Mit den Worten verließ sie das Büro.

***

»Mrs. Gibbson, nehmen Sie Platz. Der Doktor kommt gleich.« Einladend klopfte Helena auf den Behandlungsstuhl.

»Bekomme ich bitte eine Spritze?« Mit ängstlichem Gesicht setzte sich die Patientin auf den Stuhl.

»Dr. Grimm schaut sich die Zähne an. Wenn etwas gemacht werden muss, bekommen Sie natürlich eine Betäubung, wenn Sie möchten.«

»Kann ich die nicht sofort haben?«

»Nein.«

»Aber er hat so einen Haken.«

»Haken?« Verständnislos sah Helena Mrs. Gibbson an. Unweigerlich dachte sie an einen Haken, wie Piraten ihn in Filmen, statt einer Hand trugen. Bei der Vorstellung bildete sich ein Grinsen auf ihrem Gesicht.

»Schön, dass Sie sich auf meine Kosten amüsieren.« Mrs. Gibbson sah sie mit einem verkniffenen Gesichtsausdruck an.

»Ach was. Ich lache nicht über Sie. Ich musste an etwas denken.« Sie erzählte ihr, was ihr durch den Kopf gegangen war und Mrs. Gibbsons Mund verzog sich ebenfalls zu einem Lachen.

»Das ist wirklich lustig.«

»Die Damen haben Spaß, wie ich sehe. Sehr schön. Das lockert die Atmosphäre.« Nick schloss die Tür.

»Wo ist denn Ihr Haken, Dr. Grimm?« Mrs. Gibbson wischte sich eine Lachträne aus dem Gesicht.

Verständnislos sah er sie an. »Muss ich das verstehen?«

»Ich erkläre es Ihnen später.« Lachend legte Helena der Patientin ein Tuch um.

»Ich werde Sie daran erinnern.« Nick nahm auf dem Hocker Platz und fuhr den Stuhl in eine angemessene Höhe. »Bitte den Mund öffnen.«

»Ich bekomme eine Betäubung. Das hat mir Helena versprochen.«

»Natürlich. Aber erst schauen wir mal, ob wir etwas finden.«

»Einverstanden.« Mrs. Gibbson öffnete den Mund.

Nick sah sich die Zähne an. Dabei fiel ihm ein, dass sie eben vergessen hatten, eine Uhrzeit für das Abendessen auszumachen. »Passt Ihnen achtzehn Uhr am Samstag? Ich hole Sie ab.«

»Mhmh?«

»Nein. Der Doktor baggert Sie nicht an, Mrs. Gibbson. Keine Angst«, sagte Helena lachend.

»Bin ich so schrecklich, dass Sie meinen, ich würde Mrs. Gibbson Angst einjagen, wenn ich sie zum Essen einladen würde?«, grummelte Nick.

»So eine Frage aus heiterem Himmel, während man jemandem im Mund rumfummelt, ist schon schräg, oder finden Sie nicht? Woher soll Mrs. Gibbson wissen, dass Sie sie nicht meinen?«

»Ihre Zähne sind in einem hervorragenden Zustand. Sie können den Mund schließen.« Nick legte das benutzte Besteck weg.

»Also wirklich, Mädchen. Dass der Doktor nicht mich alte Schachtel meint, ist mir schon klar. Ich wollte nur wissen, wohin er Sie ausführt.« Sie sah Nick an. »Stellen Sie sich bloß nicht zu ungeschickt an. Wird Zeit, dass Sie eine Frau an die Seite bekommen. Ich finde, Helena passt perfekt zu Ihnen. Sie wären ein schönes Paar.« Anerkennend nickend sah sie die beiden abwechselnd an.

»Ich ... ähm ... wir ... also ich lade Helena ein, weil ... ich eine Wette verloren habe.« Verlegen sah Nick Mrs. Gibbson an.

»Oh. Ich dachte, also dass ist mir ... jetzt furchtbar peinlich.«

»Macht nichts. Das konnten Sie ja nicht wissen.« Aufmunternd lächelte Helena sie an.

»Tut mir trotzdem leid. Ich wollte Sie nicht in Verlegenheit bringen.«

»Wie Helena schon sagte. Sie konnten das nicht ahnen und jetzt entfernen wir den Zahnstein. Dann sind Sie fertig.«

»Bekomme ich eine Betäubung?«

»Nein, das schaffen Sie so.«

»Helena, tun Sie mir einen Gefallen?«

»Sicher, welchen denn?«

»Bestellen Sie das Teuerste auf der Karte. Als Rache dafür, dass ich keine Spritze bekomme.« Grimmig sah sie Nick an.

»Dem werde ich mit Vergnügen nachkommen«, erwiderte Helena lachend.

»Frauen«, murmelte Nick. »Und jetzt bitte den Mund öffnen.«

Mrs. Gibbson kam der Aufforderung nach und Nick widmete sich ihren Zähnen. Doch ihre Worte gingen ihm nicht aus dem Kopf. Denn er fand auch, dass Helena und er ein schönes Paar abgeben würden.

10.

Nick stand mit freiem Oberkörper im Büro und wechselte die Kleidung. Die Uhrzeit saß ihm im Nacken. In einer halben Stunde erwartete Emma ihn zum Essen, und die Fahrt dauerte, wenn er gut durchkam, fast genauso lang. Vorausschauend hatte er sich heute Morgen ein Hemd von zu Hause mitgenommen, denn pünktlich kam er selten aus der Praxis. Heute war es aber besonders spät geworden, weil der letzte Patient eine Wurzelfüllung bekommen hatte.

Die Tür wurde ohne Vorwarnung aufgerissen und Helena stürmte herein. »Dr. Grimm, soll Mr. ...« Der Satz erstarb unvollendet und sie starrte Nick mit offenem Mund an.

»Darf ich mich weiter anziehen, wenn Sie alles gesehen haben?«, fragte Nick schmunzelnd. Helena sprachlos, dass er das noch erleben durfte.

»Ja ... natürlich. Ich ... habe nur nicht damit gerechnet, einen halb nackten Mann vorzufinden. Wechseln Sie nur das Hemd?«

»Ja.«

»Schade.«

»Lassen Sie mich raten. Sie würde mir ohne Hemmungen zusehen, wenn ich mich aus der Hose schäle.« Nick zog das Hemd an und schloss die Knöpfe.

»Sicher. Haben Sie etwas anderes erwartet?«

»Nein, auf keinen Fall. Ich würde mir Sorgen machen, hätten Sie anders reagiert. Was wollten Sie denn von mir?«

»Ich trage Mr. Gold am Montag für halb acht ein. Wir haben keine freien Termine mehr. Sie müssen also früher kommen.«

»Nicht nur ich. Sie auch«, brummte Nick.

»Ich bin eh fast immer um halb acht da. Sie müssen Ihren Hintern früher aus dem Bett schwingen.«

»Seit ich Miss Graham habe, bin ich zum Frühaufsteher mutiert. Sie lässt mir gar keine andere Wahl. Ignorieren Sie mal eine Katze, die laut miauend neben Ihnen auf dem Bett sitzt und das Frühstück einfordert.«

»Ich mag Miss Graham. Sie führt ein strenges Regiment.«

»War ja klar.«

»Hey, Frauen müssen zusammenhalten. Sie haben übrigens das Hemd falsch zugeknöpft. Mache ich Sie so nervös?«, fragte sie lachend.

»Nein, ich bin nur abgelenkt. Sie wissen doch, Männer sind nicht multitaskingfähig.« Ihm blieb nichts erspart.

Musste das ausgerechnet jetzt passieren? Mit Helena als Zuschauerin?

»Stimmt.«

»Wo ist denn der blöde Knopf?« Nick zog das Hemd aus der Hose, fand aber den Knopf nicht auf Anhieb.

»Lassen Sie mich mal, sonst haben Sie es gleich zerrissen. Was soll Emma denken, wenn Ihr Hemd in Fetzen hängt?« Behutsam zog Helena das Hemd aus der Hose und öffnete nacheinander alle Knöpfe.

Nick spürte die Hitze in sich aufsteigen, was nicht an der Temperatur lag. Verdammt! Helena schaffte es, ihn vollkommen aus der Fassung zu bringen und sie roch so gut. Was sie wohl für ein Parfüm benutzte? Um den Duft besser wahrzunehmen, beugte er sich ein Stück vor.

»Wissen Sie was?«, fragte Helena, während sie die Köpfe in korrekter Reihenfolge schloss.

»Nein, sagen Sie es mir?«

»Der Hund von meiner Nachbarin beschnuppert mich genauso wie Sie, aber ich muss Sie enttäuschen. Ich habe kein Leckerli eingepackt. Darauf war ich nicht vorbereitet.« Schelmisch grinsend sah sie zu Nick hinauf.

Nick erstarrte innerlich. War es so offensichtlich? Verdammt! Verlegen strich er sich durchs Haar. »Sorry ... ich ... Ihr Parfüm, es riecht sehr gut. Emma würde es bestimmt ebenfalls gefallen. Deshalb habe ich an Ihnen gerochen.« Nick gratulierte sich innerlich zu der, wie er fand, guten Ausrede.

»Für Ihre Schwester Emma?«

»Ja.«

»Es gefällt ihr.«

»Das denke ich auch.«

»Ich denke es nicht. Ich weiß es.« Helenas Mundwinkel zuckten verdächtig.

»Und wieso?«

»Emma benutzt den Duft schon seit Jahren. Sie hat ihn mir vor einiger Zeit empfohlen, als sie in der Praxis war. Ich habe da auch an ihr geschnuppert, aber dezenter. Meine Nase hat nicht so gewackelt dabei.« Helena begann schallend zu lachen und Nick kam sich vor, wie der letzte Idiot. Was für ein riesengroßes Fettnäpfchen.

»Woher soll ich wissen, welches Parfüm Emma benutzt?«

»Sie ist Ihre Schwester.«

»Ja und?«

»Ich bin Ihre Angestellte und kenne Ihre Slipgröße. Da ist das Wissen um ein Parfüm nichts Besonderes, oder?« Helenas Augen blitzten vor Vergnügen.

»Machen Sie sich mal lustig über mich«, grummelte Nick. Er schaffte es ständig, sich in solch unmögliche Situationen zu bringen.

»Würde ich mir nie erlauben. Nachher kündigen Sie mir, wenn ich zu frech bin.«

»Wenn es danach ginge, hätte ich Sie schon längst rausgeworfen und Mackenzie ebenfalls. Sie beide haben ein viel zu freches Mundwerk.«

»Klasse. Also haben wir Narrenfreiheit? Wollten Sie das damit andeuten?«

»So war das nicht gemeint und ...«

»Also, ich nehme das als ja. Sie können das Hemd in die Hose zurückstopfen, oder soll ich das für Sie übernehmen?«

»Was? Nein. Ich denke, dass schaffe ich alleine.«

»Na, so sicher wäre ich mir da nicht. Beim Zuknöpfen brauchten Sie auch Hilfe.« Breit grinsend sah sie ihn an.

Nick stopfte das Hemd in die Hose, alles unter Helenas wachsamen Blicken. Am lieben würde er sie gleich mit zu Emma nehmen. Sie hätten garantiert einen schönen Abend zusammen. Anschließend könnten sie zu ihm fahren und noch ein Glas Wein trinken. Als Gentleman würde er ihr anbieten, bei ihm zu übernachten. »Selbstverständlich schlafe ich auf dem Sofa und sie bekommt das Bett.«

»Wieso wollen Sie auf dem Sofa schlafen? Hat Miss Graham das Bett beschlagnahmt?«, riss Helenas ihn aus seinen Tagträumen.

Ruckartig befand er sich zurück in der Realität. Konnte Helena Gedanken lesen oder hatte er das tatsächlich laut gesagt? Er beschloss, sich dumm zu stellen. »Was meinen Sie?«

»Sie haben gerade gesagt, Sie schlafen auf dem Sofa. Wieso? Wo waren Sie bloß mit Ihren Gedanken?« Helena trat dicht an ihn heran und sah ihn prüfend an. »Ich glaube, ich muss ein strenges Wort mit Miss Graham sprechen. Wenn Sie so übermüdet sind, dass Sie mit offenen Augen schlafen.« Sie legte ihm eine Hand auf die Stirn. »Fieber haben Sie nicht.«

»Mir fehlt nichts. Miss Graham ist ebenfalls unschuldig. Ich habe an etwas gedacht und es laut ausgesprochen. Das ist alles.« Hoffentlich nahm sie ihm das ab.

»An was haben Sie gedacht?«

»Ich ... ähm.« Die Wahrheit konnte er ihr ja nicht sagen. Was sollte sie von ihm denken?

»Haben Sie an eine Frau gedacht?«

»Also ... ich ...«

»Das nehme ich als ja. Hey, mir können Sie es anvertrauen. Ich verpetze Sie schon nicht bei Miss Graham.« Sie zwinkerte ihm verschwörerisch zu.

»Ja, Sie haben recht.« Leugnen brachte nichts. Immerhin wusste sie ja nicht, dass sie die Frau war, an die er dachte.

»Ihr Geheimnis ist bei mir gut aufgehoben. Schönen Feierabend und viele Grüße an Emma.« Helena ging zur Tür, blieb im Rahmen stehen und drehte sich noch mal herum. »Gehen Sie alleine zu Emma?« Erwartungsvoll sah sie ihn an.

»Ja, wieso fragen Sie?«

»Reine Neugier. Ich bin eine Frau. Schon vergessen?« Mit den Worten verließ sie das Büro und schloss die Tür hinter sich.

Seufzend sah Nick zur Uhr. Er hatte sich verquatscht. Gleich durfte er sich eine Strafpredigt anhören. Hatte er Emma doch versprochen, auf jeden Fall pünktlich zu sein.

11.

Mit einer halben Stunde Verspätung traf Nick bei Emma ein, die ihm mit vorwurfsvoller Miene die Tür öffnete. »Der Salat ist bereits welk. Du wolltest pünktlich sein.«

»Entschuldige. Beim nächsten Mal werde ich den sich vor Schmerz windenden Patienten nach Hause schicken, anstatt die Wurzelbehandlung durchzuführen. Er hat bestimmt Verständnis dafür, dass ich pünktlich bei meiner Schwester zum Essen sein muss.« Nicks Stimme tropfte vor Ironie und um das zu toppen, setzte er gleich etwas hinterher, solange Emma ihn mit offenem Mund anstarrte. »Wenn der Salat bereits welk ist, frag ich mich, wann du ihn gekauft hast? Vor einer Woche?«

»Wenn du weitere Nettigkeiten von dir gibst, bekommst du Haferschleim zum Abendessen.« Emmas Augen verengten sich.

»Igitt. Ich hasse Haferschleim.« Nick schüttelte sich alleine bei der Vorstellung daran. In ihrer Kindheit hatte es den oft gegeben. Aber im Gegensatz zu ihm liebte Emma das Zeug. Sie litt seiner Meinung nach an Geschmacksverirrung.

»Ich weiß.« Ein schadenfrohes Lächeln bildete sich auf Emmas Gesicht.

»Ich bin ja schon still. Du hast gewonnen«, gab Nick nach. Am Ende gab es wirklich nichts zu beißen, was fatal wäre. Er hatte auf das Mittagessen verzichtet, und wenn er jetzt nichts bekam, würde er gleich verhungert in der Ecke liegen.

»Wie leicht du zu erpressen bist. Das hat schon geklappt, als wir noch Kinder waren.« Lachend winkte Emma ihn ins Haus.

»Das merke ich mir.«

»Mach das. Spätestens morgen hast du es vergessen.«

»Ich ...«, setzte Nick an, aber Emma war bereits in die Küche gegangen. Seufzend schloss er die Tür und folgte ihr.

»Es riecht gut. Was gibt es Leckeres?« Erwartungsvoll nahm Nick den Deckel von einem der Töpfe.

»Einen Schmorbraten mit Klößen. Dazu einen Salat.«

»Selbst gemachte Klöße?«

»Natürlich. Das Rezept ist von Mum.«

»Ich wusste, dass es sich lohnt, aufs Mittagessen zu verzichten. Soll ich den Tisch decken?«

»Ja, das wäre lieb.«

Nick nahm Teller aus dem Schrank, dazu Besteck und Gläser. »Gibt es auch Nachtisch?«

»Du bist verfressen. Habe ich dir das schon mal gesagt?«

»Du erwähnst es gelegentlich.«

»Wie schaffst du es bloß, dabei so schlank zu bleiben? Du treibst keinen Sport, isst meistens etwas vom Imbiss und trotzdem hältst du deine Figur.«

»Das sind die Gene.«

»Dann ist einer von uns adoptiert«, knurrte Emma. »Ich nehme bereits zu, wenn ich ein Stück Kuchen beim Bäcker in der Auslage betrachte.«

»Nur kein Neid, Schwesterherz«, sagte Nick lachend. »Was ist jetzt mit dem Nachtisch?«

»Du kannst dir später ein Eis aus dem Tiefkühler nehmen, falls du bis dahin nicht geplatzt bist.«

»Für Eis habe ich einen Extramagen. Das geht immer.«

»Ich werde dich daran erinnern. Setz dich. Wir können essen.« Emma stellte die Schüsseln auf den Tisch und füllte die Teller.

»Es sieht köstlich aus.« Nick hing mit der Nase fast im Essen und sog den Duft ein. »Guten Appetit.«

»Wünsche ich dir auch. Gibt es bei dir etwas Neues?«

»Ich gehe morgen aus.«

»Mit einer Frau?«

»Natürlich. Was denkst du denn?«

»Meistens hängst du mit deinen Kumpels ab. Überleg mal, wann du das letzte Mal mit einem weiblichen Wesen einen Abend verbracht hast.«

»Diese Woche.«

Emma verschluckte sich bei der Neuigkeit fast an einem Stück Fleisch.

Nick sprang auf und klopfte ihr auf den Rücken. »Bekommst du Luft?«

»Ja ... geht ... schon wieder.« Sie hustete und trank einen Schluck Wasser. Anschließend sah sie ihn empört an. »Das kannst du mir nicht einfach so um die Ohren hauen.«

»Wieso nicht?«

»Ich wäre fast erstickt. Du und eine Frau ist fast so, als würde Weihnachten mit Ostern zusammenfallen.«

»Jetzt übertreib mal nicht. Du tust so, als ob ich noch nie eine Freundin hatte«, erwiderte Nick pikiert. Emma hatte einen Hang fürs Theatralische.

»Deine letzte Beziehung – wie lange liegt die zurück? Lass mich nachdenken. Hm ... so fünf Jahre, wenn mich nicht alles täuscht.«

»Ich habe in der Zeit keine interessante Frau kennengelernt.«

»Wenn man mit den Kumpels in Bars herumhängt und Dart spielt, wird das in diesem Leben auch nichts mehr. Aber es besteht ja Hoffnung. Erzähl! Mit wem hast du dich getroffen und wo? Wart ihr aus? Hast du sie schon geküsst? Wie ...?«

Emma brach ab, da Nick die Hand hob, um sie zum Schweigen zu bringen. »Holst du beim Reden eigentlich nie Luft?«

»Lenk nicht ab! Beantworte lieber meine Fragen!« Emmas Essen lag vergessen auf dem Teller. Sie war begierig darauf zu erfahren, ob Nick endlich eine Freundin hatte.

»Ich habe mich mit Helena getroffen und ...«

»HELENA?«, quietschte Emma und klatschte vor Freude in die Hände. »Sie ist eine tolle Frau und passt so gut zu dir und ...«

»Darf ich ausreden?«, unterbrach Nick den Redefluss. Das hatte er befürchtet. Sie drehte fast durch. Die Ernüchterung kam gleich, wenn er ihr sagte, was sie an dem Abend unternommen hatten.

»Okay, bin schon still.« Gespannt sah Emma ihn an.

Nick seufzte leise. Er sah das Donnerwetter schon kommen. »Ja, ich hab mich mit Helena getroffen. Wir waren bei mir ...«

»BEI DIR?« Emma sprang fast vom Stuhl. Auf Nicks bösen Blick hin, schlug sie die Hände vor den Mund und sah ihn reuevoll an. »Bin schon still.«

»Hoffentlich. Meinst du, du schaffst es, die nächsten zwei Minuten nichts zu sagen, zu kreischen oder sonst irgendetwas zu tun, was mein Gehör schädigen könnte?« Emma könnte mühelos als Sirene arbeiten. Die Tonlage stimmte schon.

Sie nickte und Nick redete weiter. »Ich habe einen Abend mit Helena verbracht, aber anders, als du denkst. Sie hat mir geholfen, den Kratzbaum für Miss Graham aufzubauen. Wir haben gewettet, wenn sie verliert, wollte sie mir beim Aufbau helfen. Sie hat gewonnen und mir trotzdem geholfen, was ich sehr nett von ihr fand. Du siehst, alles ganz harmlos. Kreisch jetzt nicht vor Enttäuschung los, okay?« Vorsichtshalber rutschte er mit dem Stuhl ein Stück vom Tisch ab.

Emma zog ein langes Gesicht. »Eine Frau besucht dich zu Hause und ihr baut einen Kratzbaum auf? Ich fasse es nicht. Gab es wenigstens einen Kuss? So einen ganz Kleinen vielleicht?« Hoffnungsvoll sah sie ihn an.

Nick schüttelte den Kopf.

»Wieso habt ihr eigentlich gewettet? Wenn du verloren hast, was war dein Wetteinsatz?«

»Ich habe geglaubt, sie kennt meine Slipgröße nicht. Wie leichtgläubig ich doch bin.« Er schüttelte den Kopf.

»Du hast mit ihr darum gewettet, dass sie die Größe deiner Unterhosen nicht kennt? Hab ich das richtig verstanden?«

»Ja.«

»Dir ist echt nicht mehr zu helfen. Ich würde gerne den Kopf auf die Tischplatte hauen, aber das solltest eigentlich du tun. Slipgröße! Ich fasse es nicht. Wie kommst du auf so eine dusselige Idee?«

»Ich ... ist doch egal. Ich fand es gut. Sag nix! Es hat nämlich etwas Gutes.«

»Und was?«

»Wenn ich verliere, lade ich Helena zum Essen ein. Also gehen wir morgen Abend ins Steakhaus. Einen Tisch habe ich bereits reserviert.«

Anerkennend nickte Emma. »Es scheint tatsächlich noch Hoffnung für dich zu geben.«

»Wenn du das sagst, hört sich das an, als ob du mich frauentechnisch bereits abgeschrieben hast.« Nick schob sich ein Stück Fleisch in den Mund. Vor lauter Diskutieren hatte er fast das Essen vergessen, das mittlerweile nur noch lauwarm war.

»Na ja ...«

»Sag es nicht! Lass uns essen.«

»Aber nur, wenn du mir versprichst, mich Sonntagmorgen anzurufen und mir erzählst, wie es gelaufen ist.« Sie beugte sich vor und sah ihn eindringlich an.

»Wird erledigt. Einverstanden.«

»Gut und ich hoffe, du vermasselst es morgen nicht. Helena ist eine tolle Frau.«

»Ich werde mich bemühen.« Nick hoffte ebenfalls, dass er es nicht vermasselte. Er konnte den morgigen Tag kaum noch erwarten.

12.

Grübelnd stand Nick vor dem Kleiderschrank. Krawatte ja oder nein? Er konnte sich nicht entscheiden, dabei war er sonst nicht so unentschlossen. Aber heute war ein besonderer Tag. Helena bedeutete ihm etwas, das weit über Sympathie und Freundschaft hinausging. In den letzten Wochen hatte sie sich in sein Herz geschlichen und er war fest entschlossen, ihr heute zu gestehen, was er für sie empfand. Er war ehrlich genug, sich einzugestehen, dass er Bammel davor hatte. Was, wenn sie die Gefühle nicht erwiderte? Dann würde er nur noch mit Papiertüte über dem Kopf zur Arbeit erscheinen.

Entschieden schüttelte er den Kopf, hängte die Krawatte in den Schrank und schloss die Tür. Ein prüfender Blick in den Spiegel, dann zog er die Schuhe an, griff nach den Autoschlüsseln und machte sich auf den Weg.

***

Eine halbe Stunde später parkte Nick den Wagen vor dem Wohnhaus, in dem Helenas Wohnung lag. Mit gemischten Gefühlen stieg er aus und klingelte.

»Vierte Etage«, rief Helena durch den Hausflur hinunter. »Der Fahrstuhl ist kaputt.«

»Na super, auch das noch.« Seufzend begann Nick den Aufstieg in den vierten Stock, wo er kurz darauf grinsend begrüßt wurde.

»Sie schnaufen wie eine Lokomotive.«

»Sie ganz bestimmt auch, wenn Sie hier hochstiefeln.«

»Ich habe mich daran gewöhnt.«

»Seit wann ist der Fahrstuhl denn außer Betrieb?« Aufatmend lehnte Nick sich kurz gegen die Wand.

»Keine Ahnung. Aber bestimmt schon vier Monate.«

»Sie Ärmste.«

»Ach was, das erspart das Fitnessstudio. Wenn Sie den Wocheneinkauf hinauf schleppen, ist das effektiver als so manche Trainingseinheit.« Lachend zog sie die Tür zu und schloss ab. »Ich bin fertig. Wir können.«

»Dann hätte ich ja unten warten können. Warum haben Sie nicht gesagt, dass Sie schon startbereit sind?«, knurrte Nick.

»Ich wollte so gerne Ihre Zunge raushängen sehen«, erklärte Helena ernst und begann, als Nick die Augen zur Decke rollte, schallend zu lachen.

»Ich weiß ja, wer es sagt. Zum Glück geht es runter leichter. Nach Ihnen.«

Immer noch lachend lief Helena die Treppe hinunter. Nick ging hinterher und hoffte, dass sie mit den hohen Absätzen nicht die Stufen hinunterfiel. Zum Glück erreichten sie das Erdgeschoss unfallfrei.

»Wie können Sie in den Dingern bloß laufen?« Nick zeigte auf Helenas High Heels.

»Reine Übungssache.«

»Sie hätten Ihre hübschen Doggiebags anziehen können.« Grinsend hielt er ihr die Haustür auf.

»Ja, reiben Sie mir das mal unter die Nase. Ich glaube, das läuft mir jahrelang nach.« Sie zog eine Grimasse.

»Ganz bestimmt sogar. Es sah aber zu niedlich aus, wie Sie mit den Tüten an den Füßen herumgelaufen sind.«

»Vielleicht sollte ich sie zur Arbeit tragen.«

»Meinen Sie, wir können damit Narkosemittel sparen?« Inzwischen hatten sie den Wagen erreicht und Nick öffnete die Beifahrertür.

»Wie meinen Sie das?« Skeptisch sah Helena ihn an.

Nick dämmerte, dass der Einwand nicht so gut war, wie gedacht. Einer Frau, der man gleich seine Gefühle gestehen wollte, sagte man nicht, dass ihre Füße eventuell so stanken, dass die Patienten davon in Ohnmacht fielen. Manchmal sollte er erst denken und dann reden. Wie kam er aus der Nummer jetzt heraus?

»Ich warte«, sagte Helena.

»Ich ... ja ... wir sollten fahren. Sonst vergeben sie unseren Tisch.« Mit einer einladenden Handbewegung bedeutete er ihr, einzusteigen.

»Ich denke mir meinen Teil.« Grummelnd nahm sie im Wagen Platz. »Das bekommen Sie zurück. Ich bin ja nicht blöd, aber ich habe keine Käsefüße.«

»Habe ich nicht behauptet.«

»Aber gedacht, das zählt genauso.«

Seufzend schloss Nick die Autotür und stieg ebenfalls ein. Erwartungsvoll sah Helena ihn an.

»Habe ich einen Fleck auf der Nase?«

»Nein, aber riechen Sie was?«

Nick schüttelte den Kopf.

»Ich sagte ja, ich habe keine Käsefüße.« Helena zeigte ihm ihre nackten Füße.

»Sie sind wirklich unmöglich.« Lachend fuhr Nick los.

»Ich weiß. Darum haben Sie mich ja so gern.« Grinsend zog sie die High Heels wieder an und Nick startete kopfschüttelnd den Wagen.

Zwanzig Minuten später betraten sie das Steakhaus und wurden von einem Kellner an einen Fenstertisch geführt. Er nahm die Getränkebestellungen auf und ließ sie alleine.

»Mal sehen, was es zu futtern gibt.« Schwungvoll klappte Helena die Speisekarte auf. Nick tat es ihr gleich und einige Sekunden später legte Helena die Karte weg.

Erstaunt sah Nick sie an. »Wissen Sie schon, was Sie nehmen?«

»Ja, das Teuerste«, erklärte Helena ernst.

»Tun Sie sich keinen Zwang an, aber am Montag kürze ich Ihnen das Gehalt.« Schmunzelnd sah Nick sie an. Er liebte die kleinen verbalen Duelle zwischen ihnen.

»Immer derselbe Witz. Denken Sie sich mal einen neuen aus und ganz nebenbei bemerkt, haben Sie das bis Montag längst vergessen, bei Ihrem Gedächtnis.« Helena stützte die Ellbogen auf den Tisch und legte den Kopf auf ihre Hände.

»Wollen Sie behaupten, ich bin vergesslich?«

»Das ist eine Tatsache. Mack und Mary würden mir sofort zustimmen. Einmal sind Sie mit Hausschuhen in die Praxis gekommen.«

»Das liegt schon Jahre zurück. Ständig wärmen Sie die alten Kamellen auf«, grummelte Nick und nahm sich vor, bald wieder die Doggieschuhe zu erwähnen.

Ehe Helena antworten konnte, kam der Kellner an ihren Tisch und brachte die Getränke. »Haben die Herrschaften schon gewählt?«

»Ja, ich hätte gerne das Pfeffersteak, medium mit einer Folienkartoffel«, ratterte Helena die Bestellung herunter.

»Und für Sie Sir?«

»Das nehme ich auch. Aber statt der Kartoffel möchte ich Pommes.«

»Gerne.« Unter Mitnahme der Karten ließ der Kellner sie wieder alleine.

»Sie sollten sich gesünder ernähren«, sagte Helena.

»Wie war das mit dem Elefanten im Porzellanladen?«

»Hey, ich esse mittags oft Salat. Sollten Sie auch mal versuchen.«

»Bin ich ein Kaninchen?«

»Sehe ich etwa wie eins aus?« Helena sah ihn aus schmalen Augen an.

»Ihre Haut ist bestimmt so weich, wie ein Hasenfell«, nuschelte Nick.

»Wie bitte?« Helena riss ungläubig die Augen auf. Hatte sie sich verhört?

»Habe ... ich das laut gesagt?«

»Ja.«

»Das wollte ich nicht. Sorry.« Verflixt! Er schaffte es immer wieder, sich in eine Sackgasse zu manövrieren.

»Haben Sie aber. War das ein Kompliment?« Helena legte die Unterarme auf den Tisch und sah ihn gespannt an.

»Ja. Wenn vielleicht auch nicht ganz passend.« Nick lächelte verlegen.

Helena lächelte ihn unergründlich an. »Danke.«

»Nur danke? Kein blöder Spruch? Sind Sie krank?«, fragte Nick erstaunt. So kannte er sie gar nicht und dann dieses Lächeln.

Helena schüttelte den Kopf. »Ich fühle mich geschmeichelt.«

Nicks Mund fühlte sich auf einmal sehr trocken an. Er griff nach dem Glas und trank einen Schluck Wasser. Er hatte auf den passenden Augenblick warten wollen und anscheinend war er schneller gekommen als vermutet. Er räusperte sich, sah Helena fest in die Augen und nahm dann allen Mut zusammen. »Ich muss ... Ihnen etwas gestehen ...«

13.

Neugierig sah Helena ihn an und Nick verließ unter dem Blick fast der Mut. Was, wenn sie ihn auslachte? Nein! Den Gedanken verbot er sich. Nach einem kurzen Räuspern fasste er sich ein Herz und begann zu sprechen. »Helena, wir kennen uns schon einige Jahre und ich ... Sie ... wir sind noch nie ausgegangen.« Nervös knetete Nick die Hände. Das war schwieriger als gedacht.

»Stimmt. Bis heute.«

»Genau und ich ... muss Ihnen etwas gestehen.«

»Na, hoffentlich keinen Mord. Mitwisser werden ebenfalls zur Verantwortung gezogen«, sagte Helena trocken.

Nick strubbelte sich durch die Haare. Die Frau schaffte es, ihn aus dem Konzept zu bringen. All die schönen Worte, die er sich zu Hause überlegt hatte, waren weg. Also hieß es jetzt, zu improvisieren. »Nein, natürlich nicht. Sie machen mich ganz konfus.«

»Echt? Wieso?«

»Weil ich mich in Sie verliebt habe«, platzte Nick heraus. Helena starrte ihn mit offenem Mund an. Hoffentlich sprang sie jetzt nicht auf und verließ das Lokal.

»Sorry«, entschuldigte Nick sich. »Das wollte ich nicht sagen.«

»Sind Sie doch nicht ... in mich ... verliebt?«, stotterte Helena.

»Natürlich! Das war keine Lüge. Meinen Sie wirklich, ich würde so ein Geständnis raushauen, um es dann als Joke zu deklarieren? Ganz bestimmt nicht.«

»Ich meine ja nur ... weil Sie es nicht hatten sagen wollen.«

»So meinte ich das nicht. Ich wollte nicht mit der Tür ins Haus fallen. Zu Hause hatte ich mir überlegt, wie ich es Ihnen am besten sage, aber dann kommen Sie mit einem trockenen Spruch und im Oberstübchen herrscht Dunkelheit.«

»Also so wie immer.« Helena grinste, um ihre Verlegenheit zu überspielen. Schließlich bekam man nicht jeden Tag vom Chef eine Liebeserklärung.

Nick öffnete den Mund, klappte ihn wieder zu und nahm einen neuen Anlauf. Sie hatte zu seinem Geständnis noch keine Stellung bezogen. Wenigstens war sie nicht schreiend geflüchtet, immerhin ein Anfang. »Ich hoffe, ich habe Sie damit nicht verschreckt. Ich möchte Ihnen keinesfalls zu nahe treten. Wenn es Ihnen unangenehm ist, vergessen wir das und tun so, als hätte ich nie etwas gesagt.«

»Was? Nein!«

»Nein? Heißt das ... Sie ... du ... magst mich ebenfalls?« Hoffnungsvoll sah Nick Helena an. Sein Mund wurde trocken und die Temperatur schien anzusteigen.

»Ja«, sagte Helena mit einem Lächeln.

Nick schloss kurz die Augen und atmete einmal tief durch. Danach sah er sie erneut an und ihr bezauberndes Lächeln sagte eigentlich fast alles. »Möchtest du vielleicht auch etwas dazu sagen? Damit ich mir nicht ganz so blöd vorkomme?« Verlegen sah Nick sie an. Noch hatte sie nichts erwidert und bei ihrem nächsten Satz hielt er buchstäblich den Atem an.

»Ich ... empfinde genauso. Ich habe mich auch in dich verliebt.«

Erleichtert atmete Nick aus. »Du glaubst gar nicht, was ich für eine Angst hatte, dass du mich hier sitzen lässt und vielleicht gleich kündigst. Ich habe dich damit ja jetzt regelrecht überfahren.« Zaghaft griff Nick über den Tisch und legte seine Hand auf Helenas.

»Ganz ehrlich. Damit habe ich wirklich nicht gerechnet. Du bist gut darin, deine Gefühle zu verbergen. Dass du mich magst, wusste ich, sonst würden wir uns nicht ständig necken. Aber das du in mich verliebt bist, habe ich nicht zu hoffen gewagt. Seit wann eigentlich?«

»Schon eine ganze Weile. Doch du warst vergeben und somit für mich tabu. Als du mir erzählt hast, dass du wieder Single bist, habe ich Hoffnung geschöpft.« Sanft strich Nick über Helenas Hand, die jetzt ihre andere Hand auf seine legte.

»Hattest du geplant, mir heute deine Gefühle zu gestehen?«

»Ja, ich musste es riskieren. Erst habe ich gezögert, weil du meine Angestellte bist, aber im Endeffekt waren die Gefühle stärker.«

»Es hat sich gelohnt. Ich mochte dich schon immer. Aber erst in der letzten Zeit habe ich dich mit anderen Augen gesehen. Weißt du, wann es mir klar wurde, dass ich etwas für dich empfinde?« Helena lächelte verlegen. Sie konnte kaum glauben, was sich gerade abspielte.

»Verrätst du es mir?«

»Weißt du noch, wie du dir den Kopf an der Schublade gestoßen hast?«

»Ja, ich erinnere mich gut daran.« Unwillkürlich fuhr er mit der Hand über die Narbe.

»Ich habe gedacht, mein Herz setzt einen Schlag lang aus, als ich dich mit der blutenden Wunde gesehen habe. Da ist mir klar geworden, dass du für mich viel mehr bist, als nur mein Chef. Das Schlimme war – ich konnte es dir nicht sagen. Also habe ich es für mich behalten und gehofft, dass es sich wieder gibt.«

»Was nicht eingetreten ist.«

»Im Gegenteil. Die Gefühle wurden stetig stärker.«

»Mir ging es ähnlich. Ständig habe ich dich angesehen, wenn du es nicht bemerkt hast. Weißt du noch, wie ich dich und Mack an dem einem Abend getroffen habe?«

»Logisch. Wie könnte ich meine hübschen Ersatzschühchen vergessen.«

»Ich fand es sehr schade, dass du deshalb nicht tanzen konntest. Mack ist eine tolle Tänzerin, aber viel lieber wäre ich mit dir übers Parkett geschwebt.«

»Ich hätte gerne mit dir getanzt. Das können wir ja jetzt bei Gelegenheit nachholen.«

»Das werden wir. Ich bin froh, mich zu diesem Schritt entschlossen zu haben. Du bist eine wunderschöne Frau Helena, zwar mit einem extrem frechen Mundwerk, aber daran habe ich mich schon gewöhnt mit den Jahren.« Täuschte er sich oder wurde Helena tatsächlich ein wenig rot um die Nase? Manchmal versagte auch die größte Klappe, wie es schien.

»Danke«, sagte sie leise und danach etwas lauter: »Du bist auch ganz ansehnlich.«

So viel zu dem versiegenden Mundwerk. »War das eine Beleidigung oder ein Kompliment?« Skeptisch sah Nick sie an. Bei Helena wusste man nie so genau.

»Such es dir aus.« Sie zwinkerte ihm vergnügt zu.

Seufzend sah Nick sie an.

»Sorry, ich wollte dich ... nicht beleidigen. Du bist nicht ... sauer, oder?« Besorgt sah Helena ihn an, aber Nick schüttelte lächelnd den Kopf.

»Deswegen habe ich nicht geseufzt.«

»Weswegen dann?«

»Ich habe gerade daran gedacht, dass ich dich jetzt gerne küssen würde«, antwortete Nick mit einem Lächeln.

»Oh ...«

»Ich nehme das einfach mal als Zustimmung, dass du nicht abgeneigt bist.«

»Ja ... sicher. Ich würde dich ebenfalls gerne küssen.« Helena sah sich im Restaurant um. »Vielleicht nicht der beste Platz für einen ersten Kuss«, stellte sie grinsend fest.

»Das denke ich auch. Aber nach dem Essen können wir noch über das Straßenfest bummeln. Was hältst du davon?«

»Eine ganze Menge.« Helena lächelte Nick verträumt an. »Kneif mich mal.«

»Warum?«

»Damit ich weiß, dass ich nicht träume. Na los! Ich bin nicht aus Zucker.«

Zaghaft stupste Nick sie am Arm an.

»Kneifen! Nicht streicheln!«

»Na gut. Auf eigene Gefahr.« Er zwickte sie in den Arm, den sie sofort wegzog und ihn vorwurfvoll ansah.

»Aua. Doch nicht so fest.« Sie rieb über die schmerzende Stelle.

»Frauen.« Nick rollte die Augen zur Decke.

»Du hast jetzt zwei Frauen an der Backe«, erinnerte Helena ihn grinsend.

»Ach ja. Miss Graham. Ich sehe schon, wie ihr beide euch gegen mich verschwört.«

»Natürlich. Mädchen müssen zusammenhalten und ich glaube, da kommt unser Essen.« Sie zeigte auf den heraneilenden Kellner, der zwei Teller brachte und sie vor ihnen abstellte.

»Guten Appetit die Herrschaften.«

»Danke, den werden wir haben«, sagte Nick und griff zum Besteck. Er fühlte sich unglaublich gut, frei und beschwingt. Der Abend konnte nicht besser beginnen.

14.

»Stimmt so.« Nick reichte dem Kellner einen Geldschein.

»Danke sehr. Ich wünsche Ihnen noch einen angenehmen Abend.« Mit den Worten entfernte sich der Kellner vom Tisch.

»Wollen wir?«, fragte Nick, worauf Helena nickte.

»Ich bin zu allen Schandtaten bereit.« Nach der Handtasche greifend stand sie auf.

»Zu allen?« Schmunzelnd folgte Nick ihrem Beispiel.

Statt einer Antwort zwinkerte sie ihm vergnügt zu. Nick ließ das Thema ruhen und bot ihr den Arm an. »Darf ich dich hinausführen?«

»Du bist ja richtig romantisch.« Helena hängte sich bei ihm ein.

»Ich möchte nur verhindern, dass du in den Schuhen umknickst und dir etwas brichst. Wäre fatal, wenn du in der Praxis ausfällst.« Endlich konnte er mal kontern.

»Weißt du, meine Handtasche, die ist richtig schwer.«

»Willst du mich damit schlagen?«

»Eventuell.«

»Ich sehe schon die Schlagzeile. Mann nach einer Stunde Beziehung von Freundin erschlagen.« Nick öffnete die Tür und sie traten ins Freie.

Helena löste sich von ihm und sah ihn mit einem undefinierbaren Blick an, unter dem er schnell nervös wurde. Hatte er etwas Falsches gesagt?

»Du ... ich ... wir. Sind wir denn ein Paar?«, fragte Helena mit leiser Stimme. Richtig realisiert hatte sie noch nicht, was sich eben im Restaurant abgespielt hatte.

»Ja! Natürlich! Oder bist ... du dir nicht sicher, ob du mich wirklich willst?« Unsicher sah Nick sie an. Eigentlich ging er nach ihrer Reaktion davon aus, dass sie an ihm interessiert war. Hatte er sich so täuschen können?

»Was? Nein ... ja ... nein. Langsam und von vorne. Ich will mit dir zusammen sein. Punkt! Das zur Klärung. Nicht dass wir uns am Ende missverstehen.«

»Das wäre fatal.«

»Sehe ich auch so. Ich meine, es kommt mir alles so unwirklich vor.«

»Soll ich dich noch einmal kneifen?«

»Darauf kann ich verzichten. Wie wäre es, wenn du es mir anders demonstrierst?« Sie trat nahe an Nick heran, den Blick erwartungsvoll auf ihn gerichtet.

Wie hypnotisiert starrte Nick auf ihre vollen Lippen. Wie von selbst legte er vorsichtig die Arme um Helena, zog sie nah an sich heran und küsste sie zart auf den Mund. Der Kuss wurde sofort erwiderte und zwei Arme schlangen sich um seinen Nacken.

Sie lösten den Kuss erst, als mehrere Leute ins Restaurant wollten, dessen Eingang sie blockierten.

Nick legte einen Arm um Helena und lächelte sie versonnen an. Er konnte kaum glauben, dass er sie für sich gewinnen konnte. Hoffentlich wachte er nicht gleich aus einem Traum auf. »Bummeln wir noch übers Straßenfest?«

»Gerne.« Glücklich lächelnd schlang sie einen Arm um Nicks Mitte und so aneinander geschmiegt, bummelten sie zwischen den Buden entlang.

***

Gegen dreiundzwanzig Uhr stoppte Nick den Wagen vor Helenas Wohnblock. »Da wären wir.«

»Danke. Es war ein wunderbarer Abend.« Sie schnallte sich ab. Nachdenklich sah sie Nick an.

Der beugte sich zu ihr hinüber und küsste sie leicht. »Dein Kopf gibt schon Rauchzeichen. Über was grübelst du nach?«

»Sieht man das so deutlich?«

»Ich kenne dich schon eine Weile.«

»Ich ... habe überlegt ... mir gedacht ...« Sie hielt kurz inne und sprach weiter. »Möchtest du nicht mit raufkommen?« Gespannt sah sie ihn an. Normal war es nicht ihre Art, einen Mann nach dem ersten Date mit in die Wohnung zu nehmen, aber das hier war anders. Sie kannten sich seit Jahren und verdammt, sie wollte die Nacht mit ihm verbringen.

»Wenn ich zustimme, hältst du mich dann für einen Lüstling?« Unsicher sah er sie an.

»Du redest heute aber hochgestochen.« Sie wuschelte ihm durch die Haare.

»Hey, meine Frisur.«

»Hab dich nicht so. Natürlich halte ich dich nicht für einen Lüstling. Eher für einen Mann, der weiß, was er will. Ich würde mir eher Sorgen machen, wenn du ablehnst.«

»Ich komme gerne mit hinauf.«

»Dann sind wir uns ja einig.« Lächelnd stieg sie aus. Nick verschloss den Wagen und nach vier Stockwerken und unzähligen Stufen erreichten sie leicht außer Atem Helenas Wohnung.

»Du keuchst ganz schön. Keine Kondition. Du solltest mehr Sport treiben.«

»Die Hausverwaltung könnte den Fahrstuhl reparieren. Das wäre effizienter. Hoffentlich wohnt hier kein Rollstuhlfahrer.«

»Sei froh, dass ich nicht im achten oder neunten Stock wohne.« Grinsend schloss sie die Tür auf.

»Bloß nicht. Dann würde ich mich von einem Hubschrauber abseilen, wenn ich dich besuche.«

»Nette Vorstellung.« Sie betraten die Wohnung. Helena legte die Handtasche auf eine Kommode und sah Nick fragend an. »Trinken wir einen Kaffee?«

»Gerne. Der Kaffee auf dem Straßenfest war ja nicht zu genießen.«

»Das war bestimmt gefärbtes Wasser.« Helena schaltete den Kaffeeautomaten ein.

»Womit die wohl färben?«, überlegte Nick.

»Mh, es gibt eine Menge Sachen, die braun sind ...«

»Ich stelle es mir lieber nicht vor. Lass uns von etwas anderem reden, sonst schmeckt mir der Kaffee gleich nicht mehr.« Nick zog Helena in die Arme.

»Ich weiß etwas, was viel besser schmeckt.«

»Und was?«

»Das.« Sie legte die Arme um seinen Nacken und küsste ihn innig. Nick erwiderte den Kuss und hier würden sie keine anderen Leute stören. Die Rechnung hatte er ohne den Automaten gemacht, der laute Geräusche von sich gab, als er spülte.

»Ich glaube, es ist uns nicht vergönnt«, murmelte Nick in den Kuss hinein. Am liebsten würde er Helena gar nicht mehr loslassen. Sie roch so gut und fühlte sich noch besser an, als in seiner Vorstellung. Nach ihren Küssen war er jetzt bereits süchtig.

»Nehmen wir uns zwei Tassen mit ins Wohnzimmer. Das Sofa ist groß, da können wir es uns gemütlich machen.«

»Gute Idee«, stimmte Nick zu und kurz darauf saßen sie dicht aneinander gekuschelt auf der Couch. Der Kaffee stand auf dem Tisch und wurde langsam kalt. Sie kamen nicht dazu ihn zu trinken, zu sehr waren sie mit sich selbst beschäftigt.

»Helena?«, murmelte Nick zwischen zwei Küssen.

»Ja?«

»Ich liebe dich«, flüsterte er leise an ihrem Ohr.

»Ich liebe dich auch.« Helena nahm den Kopf ein Stück zurück, um ihm in die Augen sehen zu können. »Ich habe das Gefühl, wir sind schon ewig zusammen. Verrückt oder?«

»Dann sind wir beide verrückt. Mir geht es genauso.«

»Liegt bestimmt daran, dass wir uns schon so lange kennen.«

»Wahrscheinlich. Helena?«

»Ja?«

»Ich ... wenn wir jetzt nicht aufhören ... dann ...«

Sie legte ihm lächelnd einen Finger auf die Lippen. »Ich möchte nicht aufhören. Ganz im Gegenteil. Ich will mehr. Viel mehr und die Nacht ist noch jung.«

»Dann sind wir schon zwei.«

Helena legte ihm die Hand in den Nacken und küsste ihn voller Leidenschaft.

Nick schlang die Arme um sie und ließ sich mit ihr im Arm nach hinten aufs Sofa gleiten. Eins wusste er, das würde die beste Nacht seines Lebens werden.

15.

Im Halbschlaf fuhr Nick sich mit der Hand über den Nasenrücken. Irgendetwas kitzelte ihn, aber kaum nahm er die Hand weg, spürte er das Kitzeln erneut. Grummelnd drehte er sich auf die andere Seite. Leider half das nicht, das Kribbeln verschwand nicht. Als er zusätzlich ein Kichern vernahm, riss er ruckartig die Augen auf.

Helena saß auf der Bettkante, in der Hand eine Feder, die sie wahrscheinlich aus einem Kissen gezogen hatte. Das erklärte das Kitzeln.

»Guten Morgen Schlafmütze«, begrüßte sie ihn gut gelaunt. Sie wedelte mit der Feder unter seiner Nase.

Nick griff blitzschnell nach ihrem Arm und zog sie ins Bett.

»Bestrafst du mich jetzt?« Lachend gab sie ihm einen Kuss.

»Mal sehen, vielleicht«, antwortete er schmunzelnd. »Wie spät ist es denn, dass du schon auf bist?«

»Halb zehn.«

»Um die Uhrzeit denke ich sonst bereits ans Mittagessen.«

»Angeber. Aber der Kaffee ist fertig. Wenn du dich zum Aufstehen entschließen kannst, können wir frühstücken. Danach habe ich an eine gemeinsame Dusche gedacht. Spart Wasser.«

»Natürlich. Das ist der einzige Grund. Verstehe ich.« Nick bemühte sich um einen ernsten Gesichtsausdruck, was ihm nicht gelang. Die Mundwinkel verzogen sich zu einem Grinsen, vor allem, wenn er an die zurückliegende Nacht dachte. Seit gestern war er offiziell mit seiner Traumfrau zusammen. Es war fast zu schön, um wahr zu sein.

Helena küsste ihn erneut, stand auf und zog ihm mit einem Ruck die Decke weg.

»Hey, das ist kalt.« Nick grapschte nach dem Federbett, aber Helena war schneller und warf sie auf den Boden.

»Aufstehen, aber zackig!«

»Du hast gewonnen.« Seufzend setzte Nick sich auf. »Jetzt habe ich bereits zwei Frauen, die mich aus dem Bett treiben und ...« Er hielt inne.

»Was?«

»Miss Graham! Sie hat gestern nichts zum Abendessen bekommen.« Entsetzt sah er Helena an. »Sie wird es mir ewig nachtragen.«

»Wann gibst du ihr normal morgens das Futter?«

»Bevor ich in die Praxis fahre. Oh je, die Zeit ist ja ebenfalls überschritten.«

»Vorschlag. Wir ziehen uns an, packen den Kaffee ein und fahren zu dir. Auf dem Weg dorthin halten wir an einem Diner und nehmen uns etwas zum Frühstück mit. Was hältst du davon?«

»Klingt gut. Ich hüpfe nur kurz unter die Dusche. Kommst du mit?«

»Sicher. Spart Zeit und Wasser.« Vergnügt zwinkerte sie ihm zu und küssend stolperten sie ins Badezimmer.

***

»Hoffentlich ist sie nicht beleidigt.« Sie standen vor Nicks Haus und er suchte in der Hosentasche nach dem Schlüssel.

»Vielleicht steht sie mit Gewehr im Anschlag hinter der Tür, und wenn du aufschließt – peng.«

»Du bist ein echter Optimist. Da ist er ja.« Triumphierend hielt er den Hauschlüssel hoch. Hatte er doch befürchtet, dass er ihm bei Helena aus der Tasche gefallen war.

»Dann lass uns reingehen. Ich habe Hunger.«

»Miss Graham«, rief Nick, beim Betreten des Hauses.

»Vielleicht ist sie schwerhörig«, sagte Helena. »Ich gehe in die Küche und packe die Köstlichkeiten aus.«

»Mach das. Ich komme gleich nach. Miss Graham. Komm!«

»Nick?«

»Ja? Ist sie in der Küche?«

»Nein. Aber ich habe eine Idee, wo sie ist.«

Nick betrat die Küche und musterte Helena misstrauisch. Das Grinsen verhieß nichts Gutes. »Ich höre.«

»Sie ist ausgezogen.«

Seine Zweifel bestätigten sich. Helena hatte manchmal nur Blödsinn im Kopf. »Sehr witzig. Hoffentlich ist ihr nichts passiert.«

»Ganz bestimmt nicht. Wo hast du die Leckerchen für sie?«

»Dort oben.« Nick zeigte auf einen Hängeschrank.

Helena öffnete ihn und nahm eine Packung heraus. Danach begann sie, die Tüte zu kneten.

»Was soll das?«

»Warte es ab. Ich wette, das Knistern lockt deine verwöhnte Katzendame an.«

»Das glaube ich ...« Nick wurde von einem Mauzen in der Tür unterbrochen. »Miss Graham! Da bist du ja.« Er stürzte zu ihr und nahm sie auf den Arm.

»Ich sag ja, das klappt.« Helena nahm einen Leckerbissen heraus und fütterte Miss Graham damit.

»Süßigkeiten vor dem Frühstück, das wird aber nicht zur Regel. Brauchst du gar nicht drauf hoffen.«

»Du bist aber streng.« Lachend nahm sie ihm die Katze ab. »Dann kommst du zu mir. Ich schmuggel etwas an deinem Herrchen vorbei.«

»Gegen zwei Frauen habe ich keine Chance«, stöhnte Nick. Vor dem ersten Kaffee war er eigentlich kein Mensch. Jetzt hatten sie bereits eine halbe Weltreise hinter sich. Er brauchte dringend Koffein. Vielleicht ertrug er zwei weibliche Wesen dann besser.

»Hast du etwas anderes erwartet?« Helena setzte Miss Graham auf den Boden.

»Nein, nicht wirklich. Lass uns frühstücken.«

Zusammen packten sie die Tüten aus dem Diner aus und setzten sich an den Tisch. Nick hatte gerade den ersten Schluck Kaffee getrunken, als es an der Tür Sturm klingelte.

»Wer ist das denn?«

»Wenn du nicht öffnest, werden wir es nie erfahren.« Helena sprang bereits auf und lief zur Tür, ehe Nick reagieren konnte. Nur einen Moment später vernahm er Emmas verzückte Stimme, die Helena lautstark begrüßte.

»Na super, noch eine Frau«, stöhnte er in seine Tasse.

»Nicky, sieh mal, wer hier ist.« Helena betrat mit Emma im Schlepptau die Küche.

»Nicky? Hast du mich gerade Nicky genannt?«

»Ich finde das süß.«

»Für einen Hund vielleicht«, brummte Nick.

»Mir gefällt es. Wieso bin ich nie auf die Idee gekommen, dich so zu nennen?« Emma nahm sich eine Tasse aus dem Schrank und schenkte sich Kaffee ein.

»Bitte, fühl dich ganz wie zu Hause.«

»Mach ich doch immer. Jetzt erzählt mal, wie es gestern war. In Anbetracht dessen, dass Helena hier ist, tippe ich auf einen erfolgreichen Abend.« Erwartungsvoll sah sie die beiden an.

»Voll ins Schwarze getroffen. Wir sind zusammen«, erklärte Helena mit einem strahlenden Lächeln.

»Hach, ich wusste es. Ihr seid wie füreinander geschaffen. Ich freue mich für euch. Hattet ihr eine aufregende Nacht?«, kicherte Emma.

Helena fiel in das Gekicher mit ein, während Nick fassungslos zwischen den Frauen hin - und hersah. Er räusperte sich. »Sag mal Emma, was willst du eigentlich hier?«

»Eigentlich ... ich ... wollte nur mal sehen, ob Helena hier übernachtet hat. Du stellst dich ja manchmal richtig dusselig an.«

»Vielen Dank Schwesterherz. Du hast ja eine schöne Meinung von mir.« Nick verschränkte die Arme vor der Brust. Jetzt saß er zwischen drei Frauen. Wie gut, dass er nur eine Schwester hatte.

»Ich bin sofort wieder weg.« Emma stürzte den Kaffee hinunter und stand auf. »Ich freue mich für euch. Wenn er frech ist, sag mir Bescheid. Dann komme ich mit dem Teppichklopfer.«

»Ich werde es mir merken«, sagte Helena. »Ich bringe dich zur Tür.«

»Bis die Tage Nicky«, flötete Emma und verließ lachend mit Helena die Küche.

»Frauen«, stöhnte Nick.

Einige Sekunden später kam Helena zurück. »Deine Schwester ist super. Ich meine, ich kenne sie ja aus der Praxis, aber sie ist noch cooler, als ich gedacht habe.«

Nick zog eine Grimasse.

»Was ist?«

»Du, Emma und Miss Graham. Ich bin von Frauen umzingelt.«

»Aber alle haben dich schrecklich lieb und eine ganz besonders.« Helena setzt sich auf Nicks Schoß.

»Das hoffe ich doch.« Er legte die Arme um ihre Taille.

»Ich liebe dich«, sagte Helena leise.

»Ich liebe dich auch«, erwiderte Nick und verschloss ihren Mund mit einem zärtlichen Kuss. Er freute sich auf eine aufregende Zukunft mit Helena an seiner Seite.

Ende

Weitere Bücher von Nicolette Verstege

Küsse niemals deinen besten Freund

Inhaltsangabe:

Samantha ist Single und eigentlich ganz glücklich damit.

Anders ihr Bruder Timo. Der predigt ihr dauernd, dass sie einen Mann an ihrer Seite braucht.

Damit er endlich Ruhe gibt, erfindet sie eine Beziehung. Da Timo in London lebt, fällt ihre Notlüge nicht auf.

Bis zu dem Tag, an dem Timo anruft und sie damit überrascht, dass er in die USA zurückgekehrt ist.

Er lädt seine Schwester samt ihrem Freund Cody für zwei Wochen zu sich ein. Jetzt steckt Sam in der Zwickmühle, denn Cody ist ihr Mitbewohner und bester Freund. Der fällt aus allen Wolken, als sie ihm die Notlüge beichtet.

Zwar ist er wenig begeistert, aber die beste Freundin lässt man nicht hängen, also stimmt er zu, Sam zu begleiten, und das Chaos nimmt seinen Lauf …

Auftrag ins Glück

Inhaltsangabe:

Die Agenten Kimberly und Logan müssen einem Fall an einem College nachgehen.

Für diesen Zweck müssen sie sich, die seit einem Streit getrennte Wege gehen, wieder zusammenraufen, um als Studenten getarnt am Unterricht teilzunehmen.

Gleich nach der Ankunft zweifelt Kim daran, ob es die richtige Entscheidung war.

Hatte sie den vorangegangen Streit doch nur inszeniert, um sich in den Innendienst versetzen zu lassen, mit der Hoffnung, dort ihren Gefühlen für Logan zu entkommen.

Sehr schnell erkennt sie, dass es ihr nicht gelungen ist und sie muss zusehen, wie eine der Studentinnen ihr Netz nach Logan auswirft.

Kopfüber ins Blind Date

Inhaltsangabe:

Mackenzie muss an den Mann gebracht werden, findet zumindest Helena, Macks beste Freundin.

Kurzerhand arrangiert sie ein Blind Date für Mack mit Travis, den sie im Internet kennengelernt hat.

Mackenzie ist alles andere als begeistert, lässt sich aber nach anfänglichem Zögern darauf ein, aber sie ist sich nicht sicher, ob alles so ist, wie es scheint ...

Umweg Richtung Liebe

Inhaltsangabe:

Ein halbes Jahr, nachdem sich Megans Freund Luke aufgrund ihrer Eifersucht von ihr getrennt hat, treffen die beiden erneut aufeinander, um einen gemeinsamen Bekannten zu besuchen.

Luke fiebert dem Treffen entgegen, fest entschlossen, Megan zurückzuerobern. Am vereinbarten Treffpunkt muss er feststellen, dass sie nicht alleine ist, sondern ihren neuen Freund mitgebracht hat…

Weihnachtschaos inklusive

Inhaltsangabe:

Kaley und Dean sind seit ihrer Kindheit befreundet und es könnte alles so schön sein,

wenn da die gar nicht freundschaftlichen Gefühle für Dean wären, die Kaley seit längerem das Leben schwer machen.

Sie hat sich schon oft vorgenommen, ihm ihre Liebe zu gestehen und dann doch einen Rückzieher gemacht.

Nach einem Autounfall von Dean hat dessen Onkel John, die beiden über Weihnachten zu sich eingeladen, damit Dean sich richtig auskurieren kann.

Bis zum Heiligen Abend will Kaley Dean offenbaren, dass sie für ihn mehr empfindet als Freundschaft.

Wird sie es schaffen, über ihren Schatten zu springen?

Impressum

Nicolette Verstege

Bückerfeldstraße 26

47803 Krefeld

Printed in Poland
by Amazon Fulfillment
Poland Sp. z o.o., Wrocław

49838769R00074